ココロがパーッと晴れる「いい話」

気象予報士のテラさんと、ぶち猫のテル

著者
志賀内 泰弘

イラスト
ねこまき
(ミューズワーク)

監修
寺尾 直樹

登場人物

テル（ぶち猫）

5匹きょうだいの末っ子、2歳の女の子猫。レインボー商店街で生まれ、居酒屋「てるてる坊主」の大将に拾われる。

テラさん（寺田直之助）

夕方のニュース番組の顔で「お天気コーナー」を担当。晴れやかな笑顔の裏には苦労の数々が・・・。

真知子

子ども二人を抱えるシングルマザー。「ある日」を境に不運の連続となってしまう。

内堀寛子

口数が少ない夫の勝雄のフォローをする、「てるてる坊主」みんなのお母さん。

内堀勝雄

「てるてる坊主」の大将。気難しいが誰に対しても寛容で常連客が多い。十数年来のテラさんの大ファン。

レインボー商店街
ブティック
さくら
そば八
そば八
喫茶
新鮮野菜
松永青果
よぉ
いらっしゃい

いいトマト入ってるよ
じゃあトマトとインゲンもらうよ
トマト
にゃー
にゃ
にゃ
松さん子猫まで売り始めたのかい？
それな 野良猫が子猫産んでいなくなっちゃってさ 貰い手募集中
それはかわいそーに
松

いい飼い主に貰われるといいな
次の日
一匹ね貰われて行ったよ
よかったなぁ
おまた一匹貰われたようだな
あと2匹か…
ザー…
ぽつん
お前も早く貰われるといいなぁ
今日は何にする？
ねぎとジャガイモもらうよ
に〜
にょこ

ぽて…
うんしょ
毎度
そいじゃまた明日
に－－
!!
に－－
は～～
仕方ねーなぁ
ウチに来るか?

BAR
おかえり
ただいまー
肉を冷蔵庫に入れといてくれよ
はいよ
あんた!!カゴに子猫入ってるよ
そいつウチで飼うことにした
あらーっ そーなの? ようこそ猫ちゃん
ねえ、名前何にする?
てるてる坊主のテルでいいんじゃねーか?

はじめに

これからお届けするのは、「お天気」をテーマにしたショートストーリーです。「虹」「おひさま」「雨」「風」「雪」「季節」・・・。

お天気にまつわる「ことわざ」や「賢人の名言」などを軸にして、「レインボー銀座」の居酒屋「てるてる坊主」を舞台に「ハートウォーミング」な物語が、次々と巻き起こります。

「お天気」や「気象予報」に関することは、ＮＨＫ名古屋放送局のベテラン気象キャスター・寺尾直樹さんに監修をお願いしました。本書の内容は「フィクション」でありますが、執筆にあたり気象予報士の資格内容や気象ニュース番組の現場についてもレクチャーを受けました。

さらに視覚でも「楽しんで」いただけるように、人気コミック作家「ねこまき」さんにマンガとイラストをお願いしました。もちろん、マンガの中では「ねこ」が主人公です。

誰にも心の中に「雨が降る」ことがあります。

辛い時、哀しい時、せつない時・・・本書で「元気」を出して心をパーッと青空にしていただけたらと願います。

著者　志賀内泰弘

目次

※本書の物語はフィクションです。
登場する団体・人物などの名称はすべて架空のものです。

第一章　「虹」のものがたり

"No rain, no rainbow"
…雨がふらなければ、

くるるん
よしよし
テルいい子ね～
ゴロ
ゴロ

かわいーな
テル
ぽふ
そーかそーか
ゴロゴロ～
あはは
テルはお父さん
大好きだもんね
さーっ
店開けよう
かね

あたいの名前は〝デル〟。女の子、2歳。5匹きょうだいの末っ子よ。商店街の八百屋さんで生まれたの。店先の毛布を敷いた段ボールの中で、ニャーニャー泣いてたのを覚えてる。買い物に来るお客さんたちに、かわいがられたものよ。家の冷蔵庫から、こっそりミルクを持って来てくれた子供たちもいたわ。

仲良く遊んでたけど、ある日気づくと一番上のお姉ちゃんの姿が見えなくなってた。お客さんちにもらわれていったの。その後は三番目のお兄ちゃんが老夫婦に抱かれてサヨナラした。次々ともらわれていき、気がつくとね、あたい一匹になってた。なんで最後に残ったかって？　え?!　女の子にそれを言わせるつもり？・・・いいわ事実だから。

あたいは、白地に茶と黒のまだら模様、人様から〝ぶち猫〟なんて言われるわ。そのせいで、顔のデザインもあんまりなのよ。右目だけパンダみたいに真っ黒。初めて鏡っていうものを見た時、自分でも笑っちゃったわ。

でも、そんなあたいをもらってくれたのが、居酒屋の大将と女将さんなの。

人間の世界では「残り物に福がある」っていうらしいわね。うん、あたいは幸せよ。
だって、居酒屋だから、食べる物に困らないんだもの。

いつも、あたいの定位置はお店のカウンターの奥にあるテレビの上。みんなの顔をグルリと見回せるのが好き！ そうそう、お店に来るお客様は、誰もが悩みを抱えているみたい。口には出さないけどね。

人間って、たいへん。一生懸命に頑張って生きているのに、自分の努力だけじゃどうしようもないことがあるみたい。それ、わかるわ。あたいだって2年前、この先の人生、じゃなかった「猫生」がどうなるかなんて予想もできなかったもの。

あらいやだ、もうこんな時間。ちょっとオシャベリが過ぎたかしら。

さてさて、あたいのお店の、いい人なんだけどお人よし過ぎ、だから不運だらけなのに幸せに生きる人たちの物語のはじまり、はじまり・・・。

◇◇◇◇◇

「売れるまで帰って来るな！」

頭の中を、所長の言葉がぐるぐると回った。

「今月もノルマ達成できなかったら、辞めてもらうからな」

もし、ようやく得たこの仕事を失ったら、再び貧困に陥ってしまう。池田真知子は、だんだんと雨脚が強くなる中、傘を手に立ち尽くした。

梅雨も最中。昨日からずっと雨が降り続いている。不安が募ると気持ちが悪くなってきた。吐き気を催し、屈みこむ。腰から下はびしょ濡れ。靴の中にも雨が沁み込み、指先をじっとりと濡らしていた。

いったい、私の人生はどこで狂ってしまったのだろう。それは「あの日」が発端であることは間違いなかったのだが・・・。

真知子は生きるため、二人の子供を育てるため、なりふりかまわず職を探した。だが、シングルマザーに世間の風は冷たかった。幼い子供がいるというだけで、「正社員でフルに働くのは無理じゃないですか？」と敬遠された。面接官に、「子供が熱を出しても、早引けせずに働けますか」と、皮肉っぽく問われたこともある。

その上、アパートまで追い出されかかっている。急死した夫の名前で契約していたが、家賃をもう3か月も滞納しているのだ。

「貧困」なんて、新聞やテレビで見る他人事だと思っていた。それが、賞味期限切れ間近の安売りの食パンと、一袋19円のモヤシだけが頼りとなり、自分が「貧困」の主人公になったことを悟った時には、もう泣いたり愚痴を言う気力さえ失くしていた。

なりふり構わず奔走し、ようやく雇ってもらえたのが訪問販売の化粧品会社だった。求人案内に書かれていた固定給の保証が魅力だった。だが、入社してすぐに、世間でいうところのブラック企業だとわかった。商品のサンプルだけでなく、在庫も自腹での買い取りになる。それらに加えて、交通費を差し引くと、僅かしか残らない。要するに、実質、歩合給だった。

今日は、何人かの社員が会社の車に乗せられて、あちこちで一人ずつ降ろされた。

「隅から隅まで歩いて売りまくって来い！」

真知子が放り出されるように降りたのは、知らない町の商店街だった。言われるまま、端から順に雨の中、訪ねて歩く。八百屋、乾物屋、喫茶店、スナック、写真店・・・。どこも、「商売の邪魔だ」という顔つきで話さえ聴いてもらえない。美容院では、「なんで余所の会社の化粧品買わなきゃいけないのよ！」と怒鳴られた。そこで初めて気づいた。表には、ライバルである大手代理店の看板がかかっていた。

とぼとぼと店の外に出ると、雨は激しさを増していた。

「私の人生、雨ばかりだ・・・」

そう呟いたところで、フラッとよろけた。

「あっ！」

何かにつまづき、前のめりに転んだ。

「痛い・・・」

乳液やハンドクリームなどのサンプルの入ったバッグをかばい、水たまりに両手をつく。濡れたら大損害だ。しかし、倒れた勢いで、バッグの中身が飛び出し、半分以上が泥水に浸かってしまった。

「ああ・・・雨のせいだ。私の人生、ずっと雨ばかり」

なんとか立ち上がろうとして、片膝を立てると、また何かを踏みつけてグラリとした。ふと見ると、凹んだ空き缶だった。どうやら、これのせいで転んでしまったようだ。真知子は、気づくと、泥まみれの右手で空き缶を掴んでいた。

中から、飲み残しのジュースがこぼれて、腕に伝った。腐敗した匂いがした。汚いはずだが、もう空き缶に悪態をつく気さえなく、溜息をつく。無意識にバッグから、レジ袋を取り出していた。昨日、スーパーで買い物をした時にもらったものだ。真知子は、袋を広げると、空き缶を入れて、きつく口を縛り、バッグに入れた。

「私、こんな時に何やってるんだろう」

気が変になってしまったのだろうか。こんな時に、自分の行動がおかしくて仕方がなくて笑ってしまった。本当なら、いの一番にサンプル商品を拾わなければならないのに・・・。人は、悲しみが極まると、笑ってしまうと聞いたことがある。まさしく、そんな境地なのだろう。

それでも、頑張らなくてはならない。ここで負けたら、子供たちにご飯を食べさせてやれない。そう思い、スクッと立ち上がり、歩き始めた。

（え？・・・こんなところに）

真知子は、ふらりと商店街の中の路地に入り込んだ。見上げると、小さな小さなアーチが掛かっている。

「レインボー銀座」

何がレインボーだ。錆びた「銀」の文字が斜めに傾いている。虹とはほど遠い、薄汚れた飲み屋街だった。スナック、麻雀屋、立ち飲み、ラーメンなどの電飾看板がいくつも目に入った。まだ昼間ということもあり、灯りはついていない。

しかし、上司の「隅から隅まで歩いて売りまくって来い」という言葉が蘇った。一軒でも成果を上げたい。また飛び込みセールスを試みようと心にムチを打った。

そこへ向こうから、傘を差した若い男の人がやってきた。真知子は、すれ違いざまに自分の傘を傾けて立ち止まった。相手は、そのまま真っ直ぐにやってくる。左肩に雨が降りかかった。

男性が通り過ぎた後、一組の男女が少し先のスナックから相合傘で出てきた。今度は、傾けるだけでは及ばず、真知子は仕方なく自分の傘をすぼめてすれ違った。カップルは、礼の一つを言うでもなく、商店街の通りへと抜けて去って行った。

もうずぶ濡れだった。身体の芯まで冷えていた。ふと気づくと、居酒屋の前に立っていた。赤ちょうちんに「てるてる坊主」と書かれている。この店の屋号だろう。それにしても、こんなお天気の日に「てるてる坊主」とは・・・。

飛び込み営業は、なかなか慣れるものではない。毎度、心臓が高鳴る。

「ごめんください・・・」

そう言い、恐る恐る木の引き戸を開けた。カウンターと小上がりの畳座敷が2つきりの狭い店だった。女将さんらしき白髪の女性がこちらを向き、不愛想に言った。

「まだやってないよ」

「・・・いえ、そうではなくて」

仕込みの煮込みらしき鍋から湯気が上がっている。

「セールスならお断りよ」

二の句が告げられないまま、

「ごめんなさい」

と詫びていた。真知子は、自分でも押しの弱いことはわかっている。「お断り」と言わ

れると、何も言えないのだった。カウンターの奥の台にある小型のテレビの上に座っているネコと目が合った。

その時だった。今どき珍しい、ブラウン管方式のかなり年代物のテレビ画面に映し出された映像が、目に飛び込んできた。

クラッとした。よく「走馬灯のように」というが、真知子は「あの日」の光景がグルグルと頭の中を駆け回り、その場で意識を失い倒れてしまった。


「おい、テラさん、また来てたぞ～」

「あ・・・はい」

「気にするなっていうのは無理だろうけど、あんまり考え込むなよ」

「ありがとうございます」

また苦情の電話が入ったのだ。今どき、「言いにくいこと」はメールというのが普通になった。相手と顔を合わせる必要もなく、声もわからない。ましてや、性別や年齢さえ明かさなくてもいい。

そんな時代でも、わざわざ電話してくる人がいる。「謙虚をモットー」にしてはいるが、正直言って凹む。

寺田直之介は、地元テレビ局で気象予報士をしている。愛称は「テラさん」。夕方の看板番組「こんばんはニュースです！」では気象予報キャスターを担当して、もう15年が経つ。ニュースは見なくても、翌日の「お天気」だけはチェックする人も多い。そのため、「明日の天気」のコーナーは、すこぶる視聴率が高い。

寺田は、そんな番組の顔であり、休日にスーパーで買い物をしていても、「見てますよ！」と奥さんたちから声を掛けられることもある。芸能人ほどではないが、地元では知る人ぞ知る、ちょっとした有名人だった。

「それにしても、雨が降って文句言うのならともかく、降らなかったことで電話してくるなんて俺は気がしれん」

「そうですね」

と、寺田はフロアディレクターの大野に答えつつ、天気予報の難しさを改めて考えていた。「明日は晴れ」というので、傘を持たずに出掛けたら降られてしまい困った。それが苦情の大半だ。

ところが、「雨の予報」と聞いていたが、降らなかったので営業先を回るのに傘が邪魔になって苦労したというのが今回の苦情。たしかにごもっとも。気持ちもよく理解できる。1年、5年、10年と、続ければ続けるほどに、寺田は、この仕事の難しさを痛感していた。

「ところでテラさん。こっちはいい話だぜ！」

「珍しい」

「テラさんが提案してくれた新コーナーだよ」

「ああ・・・はい」

「あれ、視聴者の反響すごいぜ。ホント役に立つとか、勉強になるって。特に、奥様連中に大うけらしい」

「こんばんはニュースです！」は、夕方のニュース番組なので、夕飯の支度をしながら何気なく見ている主婦層が多い。その主婦たちから、子供と一緒に見て「ためになった」「子供の教育になる」などというメールがたくさん寄せられていると聞いている。

そのコーナーとは、

「今日のことば・・・お天気は人生を教えてくれる」

人間の歴史は自然現象との戦いだった。どんな権力者も、自然の営みには逆らえない。そして、どんなに科学が発展しても、自然災害は無くならない。地震や豪雨、雷や竜巻などの気象現象は、現代においても脅威であり、尊厳の源だ。

それゆえにであろう。世界中に、雨、風、雪など、気象にまつわる「ことわざ」や「格言」がある。歴史に名を遺した偉人・賢人たちの、自然現象に言葉を借りた「名言」「至言」も数多くある。

そんな自然と人間との関わり合いの中から生まれた「ことわざ」にスポットを当てて、悩んでいる人たちに「人生の生き方」をアドバイスするというものだ。

例えば、昨日取り上げた言葉は、

「雨は、一人だけに降り注ぐわけではない」

アメリカの詩人・ロングフェローの言葉だ。放送終了後、反響が相次いだ。年齢を問わず、さまざまな人たちから「救われました」との声が寄せられた。

「母が病気になり入院しました。お医者さんに治る見込みがないと言われ、悲しみに明け暮れていますす。この前、父が亡くなったばかりです。どうして、私にばかり不幸が訪れるのかと。でも、ハッとしました。私ばかりであるはずはないって。一番の親友は、若い頃にすでに両親とも事故で亡くしていたことを思い出したのです。ついつい自分だけが不幸だと思い込み、後ろ向きになっていた自分を反省させられました。ありがとうございました」

また、こんな声も。

「就職活動が上手くいかず、自分のダメさかげんに生きる意欲を無くしていました。このところ、ずっと家に引き籠ってテレビばかり見てました。何気なく、ボーとニュースを見ていたら、寺田さんが「今日のことば」というのを紹介していました。あれを見て恥ずかしくなりました。採用試験に落ちるのは、自分だけじゃないはずですよね。ううん、落ちる人の方が多いはず。そう思ったら、心が軽くなりました。不思議です。明日からまた頑張ります！」

実は、この言葉・・・寺田自身が大親友から教えてもらったものだった。

高校生の頃、バスケ部で何をしても一緒という5人組がいた。そのうち、寺田一人が、大学受験に失敗し浪人した。あとの4人、俊一、尚人、啓、正臣とも、第一志望に受かった。実力がなかったということ。それはわかっていた。だが、4人の仲間を羨《うらや》んだ。

「なんで、俺だけが・・・」と愕然とした。卒業式でも、顔を合わせないように下を向き、卒業証書を受け取ると、逃げるように教室を去った。

その晩だった。4人が家を訪ねてきた。母親に「会いたくないと言ってくれ」と頼んだが、4人は強引に部屋まで上がってきた。

温厚で、普段口数の少ない俊一が、真っ赤な顔をして怒鳴るように言った。

「お前、何甘えてんだ！」

「・・・」

他の3人も、その形相に驚いた。もちろん、寺田も。

「お前は、一人で歩けるじゃないか。しゃべれるじゃないか。上ばっかり見てんじゃねえよ。ずっと、雨降りの中、生きて来た人間のこと考えてみろよ！」

寺田は凍りついた。俊一の言わんとするところが、痛いほどわかったからだった。

俊一の妹の香里ちゃんは、僕らの2つ年下。幼稚園の時、ジャングジムから落ちて、脊髄を痛めた。そのため、右足が不自由になり、杖をついて学校へ通っている。それだけではなかった。脳の一部にも後遺症があり、言葉がスラスラと出てこない。そのため、ずっとイジメに遭い、彼らがかばってきたのだ。

俊一は、他には何も言わなかった。一冊の本を差し出したかと思うと、そのまま部屋を飛び出していった。3人も、何か言いたげな様子だったが、一緒に帰った。

寺田には、追いかける力も残されておらず、打ちのめされていた。ふと、足元に放りだされた本を見つめた。それは、ロングフェローの詩集だった。拾い上げると、あるページに付箋が付けられていた。そこに、マーカーで引かれていた言葉が「雨は、一人だけに降り注ぐわけではない」だった。

恥ずかしかった。自分だけが、雨の中にいるのだと心を閉ざしていた。香里ちゃんのことを考えると、胸が締め付けられるようだった。

寺田は、いつかこの言葉を大勢の「今、辛い思いをしている人たち」に伝えたいと思っていた。そして、自ら提案した気象予報のコーナーで紹介したのだ。もちろん、あの日の、恥ずかしい出来事は、視聴者には内緒だが・・・。

「本番いきます！」

ＡＤの声で、寺田は我に返った。キャスターの脇で、カメラに向かって一礼した。


⁘⁘⁘⁘⁘⁘⁘⁘⁘⁘⁘⁘⁘⁘⁘⁘⁘⁘⁘⁘

（え？　ここはどこ・・・）

真知子は、ぼんやり見える天井を見つめ、記憶を呼び戻そうと思った。

（そうだ、居酒屋に入って・・・何も言う間もなく断られて・・・気がつくと意識がなくなっていた）

「あんたぁ、気がついたみたいだよ！」

先ほど、一瞬だけ顔を合わせた女将が、初老の男性に大きな声で言った。

「おお、気がついたかね。そりゃよかった」

さっき、真知子が暖簾《のれん》をくぐった時には、店にいなかったような気がした。白い前掛けをしている。この店の大将らしい。

「わたし・・・どうして・・・」

真知子は、小上がりの座敷に横になっている自分に気づいた。

「女房が言うには、急にわなわな震えだしたかと思ったら、あんたは『キャー』って叫んで引っくり返ったそうだよ」

「どうしたのか、わたしわからなくて・・・」

カウンターの中から、女将さんが言った。

「テレビの画面に釘付けになって、ボーとしてたのよ。私が『大丈夫かい？』って聞いても全然答えないんだもの。もう一度、『大丈夫？』って聞いたら、いきなり『キャー』バタン！　でしょ。びっくりしたわよ」

真知子は思い出した。そうだ、テレビでニュースが流れていた。

「あの日」・・・大震災があった日の、津波のビデオだ。私の町から、そして私から何もかもを奪い去っていった、悪魔のような津波。それを見て、またパニックに陥ったに違いない。

女将さんが、氷を入れた水を持ってきてくれた。

「飲めるかい？」

大将が心配そうに言う。

「温かい方がよかったかい」

真知子はコップを受け取ると、一気に飲み干した。

「ありがとうございます・・・」

「何か事情がありそうだね」

「あんた、無理に聞くもんじゃないよ」

女将さんが、大将を諭すように小さく首を振る。

「ううん、いいんです。別に、話したくないわけじゃなくて・・・誰も聞いてくれたことがないだけ・・・」

そう言うと、真知子は、溜息をつくかのように、ポツリポツリと話し始めた。


真知子の家は、代々、農家だった。朝、学校へ行く前に、畑の手伝いをするのが当たり前の毎日だった。高校を卒業して、早くに幼馴染の徹也と結婚。その嫁ぎ先も農家だったが、身についていた早起きのおかげで「働き者の嫁」として可愛がられた。

義母はとても厳しかった。家中いつもピカピカに掃除する。食事時には、ご飯粒ひとつ、ホウレン草のおひたしの茎一本、残したりしない。玄関でも裏口でも、靴をきちん

と揃えて脱ぐ。

最初は細かくて煩いと思った。でも、それが自分への愛情だと思うと素直に聞けた。よくよく考えると、どれも当たり前のことだった。結婚して一年が経つ頃には、自然にできるようになっていた。畑に出ると、雑草に無意識に手が伸びている自分に驚いた。

そして、つづけて二人の子宝にも恵まれた。幸せな日々だった。


ところが、2歳の長男と生まれたばかりの赤ん坊を連れて、高台にある病院へ定期検診を受けに行った日のことだった。突然大地が大きく震えた。

右往左往する中、大きな波が押し寄せ、すべてをさらっていってしまった。

たまたま、農協の研修で隣県に出掛けていた夫の徹也は無事だった。だが、実家の両親や兄弟、義父母も全部を失った。家も畑も、思い出の写真も。

しばらくの間、家族四人で避難所の体育館で暮らしていたが、再び農業をする目途は立たない。頼れる近しい親戚も誰一人生き残っていない。そんな時、夫に「軽急便のドライバーをやってみないか」と声を掛けてくれたのが、東京で小さいながら運送会社を経営している、学生時代の先輩だった。

食べていくため、子供たちを育てるため、一家で上京することにした。避難所を出る時、故郷を捨てるような後ろめたい気がした。

夫が職を得たことで、充分とは言えないまでも、もう一度、やり直すことができた。いつか家族で、故郷に戻れるかもしれない。そんな希望を抱きつつ。


だが・・・2年が巡った春の日のことだ。夫の勤め先から電話が入った。夫の車が事故に巻き込まれ、都内の病院へ担ぎ込まれたという。駆けつけると・・・徹也は冷たくなっていた。泣き明かした。どん底だと思っていた自分の人生。そのまた先に、さらに底があったなどとは、想像もしなかった。

その後は、幼い子らを抱えて、パートをいくつも掛け持ちして凌いだ。しかし、母一人、保育園に通わせながらでは限界があった。家賃の滞納。パートの首切り。そして、ようやく今の化粧品販売の仕事にありついたが・・・という顛末。

真知子の心の中は、「あの日」から、ずっとずっと今日のように雨が降り続いている。

いいや、ただの雨じゃない。土砂降りだ。

淡々と語る真知子の話に、女将も大将も、相槌さえうつことができなかった。どんな言葉も、慰めにすらならない気がして。

あまりにも不幸の連続。確かに雨ばかりの人生だ。さらに外の雨脚も強くなってきたようだ。あいかわらず、誰も目を向けないところで、テレビから夕方のニュースが流れている。

その時だ。ネコのテルが、お尻をツンッと上げて背伸びをした。

「ミャア～ミャア～」とふた鳴き。大将が時計を見上げて言う。

「不思議だなあ。テルは天気予報の時間になると、ちゃんと知らせてくれるんだから」

「あんた、こんな時に何言ってんのよ」

女将に咎められたが、カウンター端に置いてあったリモコンを手にすると、少しだけボリュームを上げた。

「仕方がないわねえ、この人は・・・」

と、女将は真知子に申し訳なさそうに苦笑いした。

「忙しくてもさ、このコーナーだけは見てるんだ」

主婦に人気と評判の男性キャスターが、

「それでは、次は、気象予報士の寺田さんのコーナーです。よろしくお願いいたします」

カメラが切り替わり、にこやかな表情の寺田がアップになった。

「はい、毎週月曜日にお届けしている『今日のことば・・・お天気は人生を教えてくれる』。今日、みなさんにご紹介するのは、コレ！」

するど、寺田のバックに大きな文字が映し出された。

『No rain, no rainbow』

「英語だったので、おやっと思われた方もいらっしゃるかもしれません。私も実は英語は大の苦手なんですが、よくよく見ると、一つひとつが誰でもわかる単語です。ノー・レイン、ノー・レインボー。日本語で訳すと〝雨がなければ虹は見られない〟です」

ここで、大将が頷いた。

「いい言葉だねぇ」

画面の中の寺田が続ける。

「意訳すると、『つらいことや悲しいことがあっても、それを乗り越えたらいいことがある』ということでしょうか。これは、ハワイのことわざです。〝シャワー〟と呼ばれる夕立のような短時間に雨が降ることが多いハワイでは、日本より虹を見られる機会も多くなります。そのため、このようなことわざが生まれたのかもしれません。気象現象には様々なものがありますが、その中でも虹はもっともロマンティック、かつ華のある現象と言えるでしょう。汗水垂らし辛く悲しくやりきれない涙を流す。それに耐えて乗り越えると必ず明日がやってくる。まさに逆転満塁ホームラン。それが虹なのかもしれません」

女将が、

「この寺田さんっていう人、まだ若そうに見えるけど渋いわねぇ。案外、苦労人なのかもね」

「そうじゃなきゃ、サラリとこんなこと言えねぇよな」

と大将が受け、二人が顔を見合わせたその時、真知子がポツリと呟いた。

「嘘・・・そんなの嘘」

「え!?」

女将は、何かヒヤリとしたものを感じて真知子を見た。

にゃーーんっ

「そんなの嘘、虹なんて見たことないもの・・・」

そうなのだ。彼女の人生は、ずっと雨続き。途方に暮れた先に、今がある。さらに、泣き出しそうなか細い声で、

「ことわざなんて、キレイごと。私は、今、生きなきゃいけないの。子供たちに今夜のご飯を食べさせなきゃいけないの。雨がいつ止むかわからない。止んだって、虹なんて出るかどうかわからない・・・」

女将は返す言葉もなく黙り込んでしまった。声の掛けようもないとはこのことだ。


沈黙が続いた。

大将が、白髪の頭をなでながら、何か考え込んでいた。そして口を開いた。

「あのさ、お前」

「・・・なんだい」

「この人さえよかったらなんだけどな」

「・・・うん」

「うちで、働いてもらったらどうだろう」

「あんた！　そりゃいい。実は、わたしも同じこと考えてたんだよ」

傍らで二人の話を聞いていた真知子は、キョトンとして見上げた。

「え・・・？」

大将が言う。

「たいして給料は出せやしないけど、うちの二階が空いていてな。社員寮っていうほど大層なもんじゃねぇけど、お子さんたちと3人で暮らすにゃ問題ねぇ。以前は、娘の部屋だったんだが、今は使ってねぇ。食事は、店の賄いでよければ、母子ともタダだ。衣食住のうち、2つがタダなら暮らしはなんとか成り立つだろう」

真知子は、突然のことに、言葉が出なかった。

「あんた、無理強いはいけないよ」

「そうだよな、俺の思いつきだから」

真知子は、思わぬ申し出に戸惑いつつも答える。

「願ったり叶ったりで、うれしいですが・・・なぜ・・・」

「なぜって？」

「なぜ、こんな見も知らぬ人間に、そんなにも優しくして下さるのか・・・」

「別にだまそうってわけじゃないから安心しな」

「・・・第一、私のこと、何もご存じないはずなのに・・・履歴書だって持ってないし」

「たぶん、ずいぶんの苦労の中で、人に騙されたこともあるんだろ。でもな、俺は、あんたのこと、よく知ってんだよ」

「え!?」

真知子は、「よく知ってる」と言われ、ますます疑った。どこかで会ったことがあるのだろうか。それとも、嘘をついているのか。


「いや実際、ちょっと前のことさ、俺があんたを見かけたのは。商店街の喫茶店へ一服やりに行っての帰りのことさ。そこんとこのパーマ屋の前で、あんた転んじまったろ。本当は、駆け寄って抱き上げてやらなきゃいけなかったんだろうが、俺も人間ができていなくてなぁ。どうしようか、若けぇ女の人に手を貸したら、下心があるんじゃねぇかって、怪しまれるかも・・・ってためらっちまったんだ。ごめんよ」

「・・・いえ」

真知子は、まだ首を傾げて疑いを拭い去れずにいた。

「そうしたらな、驚いたよ。あんたは、足元に転がってた空き缶を手にするてえと、カバンからビニール袋かなんか取り出して、それに入れてまたカバンに仕舞っちまったんだ。雨が降ってなくたって、誰も道端の空き缶なんて拾いやしねぇ。そうだろ・・・」

そう問われた女将も、「いまどき、それが普通さ」と言うように頷く。

「それでさ、急にあんたという人間に興味が湧いて来てな。悪いとは思ったんだけど、後をつけさせてもらったってわけだ。するってえとな、この細い路地で一旦、足を止めた後、うちの店のあるレインボー銀座に足を向けた。慌てて追いかけると、向こうから若い男がやってきた。あんたは、それをやり過ごすために、傘を傾けたんだ。相手の傘は、そのままだ。今度は、相合傘の二人がやって来た。傾けるくらいじゃぁ通れねぇ。すると、あんたは傘をすぼめて通してやった。だが、相手はまたまた、それが当然って顔をして通り過ぎた。あんたはおかげで、ますます濡れネズミさ」

「そんなことがあったんだね。お前さん」

「ああ、びっくりしたよ。そのすぐ後、あんたが俺の店に入って行くのが見えたからね。店に戻ったら、あんたが倒れてるじゃねぇか。またまたびっくりさ」

真知子は、疑問を言葉にした。

「さっき、私のことを知っているって?」

「ああ、知ってるよ」

「・・・?」

「それも、よ〜く知ってる」

「・・・」


「あんたは、キレイ好きに違いない。食い物屋は清潔が一番。こんな古ぼけた店だが、こいつのおかげで掃除だけは行き届いている。あんたは、掃除が得意だろう。きっと、ゴミを見たら勝手に身体が動いちまうに違いねぇ。そして、気遣いができる。自分が濡れてもかまわないから、相手のことを考える。これまた、食い物屋の接客には打って付けだ」

「でも、そんなことくらいで・・・」

「いいや、そんなことくれぇが、なかなかできねぇ世の中なんだ。その2つができたら充分さ、なあお前」

「お前さんの言う通りだよ」

　と女将が微笑んで、さらに続ける。

「きっとね、あんたの姑さんは厳しかったでしょ。でもそのおかげだわね」

　真知子は、義母の顔を思い出すと、胸が熱くなるのを覚えた。

「俺らは、あんたの人生まで変えてやることはできねぇ。お日様にもなれねぇ。きっと今は土砂降りの中にいるんだろう。でもな、傘の一つくれぇは差し掛けてやることはできる。どうでぇ、甘えてみないかい。いや、俺たちを助けてくれねぇか。人手がなくて困ってるんだ」

　思いもしない申し出に、真知子は、「ありがとうございます」とだけ答え、泣き出してしまった。

　やさしくされたのは、どれほど振りのことだろう。

　女将さんが、真知子の肩を抱いて言う。

「今まで辛かったねぇ。もう大丈夫だよ」

真知子は、泉のようにあふれる涙を両の手で拭った。しかし、拭っても拭っても流れてきて、女将と主人の顔を見ることさえできなかった。

その時だった。真知子が顔を上げると、カウンターの向こうの裸電球が目に飛び込んできて、思わず目を閉じた。

瞳を二度、三度と瞬かせると、そこに七色の美しい光がキラキラと輝いて見えた。

「あっ、虹・・・」

外は、まだ雨が降り続いていた。

だが、真知子の心には、虹がかかっていた。

・・・No rain, no rainbow。

◇◇◇◇◇

“テラさん”のお天気トリビア①

梅雨入りは9月に決まる

気象予報士　寺尾直樹

毎年、テレビ・新聞などマスメディアでは、5月末頃から「梅雨入りがいつか？」が話題となる。各局の気象キャスターは、少なからず他局の気象予報士にライバル意識を抱きつつ予想する。

ある年のことだ。ニュース番組の中で、「今年の東海地方の梅雨入りは、平年よりも大幅に遅れて6月下旬に入ってからになるかもしれません」とお伝えした。ところが・・・その翌日のこと。気象台が「6月7日に梅雨入りしたものとみられます」と発表してしまったので、その日の番組では、まさしく針のむしろ。メインキャスターから「寺尾さん、たしか昨日・・・」と面白おかしくいじられた。

予報が大きくはずれた場合、必ず気象予報のコーナーの冒頭で謝るようにしている。だが、この時ばかりは謝らなかった。それはなぜかというと・・・。

気象台では「梅雨入り宣言」もしくは「梅雨明け宣言」なるものを発表していないからである。あくまでも「・・・とみられる」という表現。実は、気象台は9月になってから「今年の梅雨入りは○○でした」と確定した日にちを発表するからだ。その年の梅雨入りは「6月21日」だった。「どうだ！」とドヤ顔したいところだが、9月になって梅雨の話をしても、誰も「さすが！」と褒めてはくれない。梅雨は気象予報士泣かせ。トホホ。

第二章　「雨」のものがたり

雨垂《あまだ》れ石《いし》をも穿《うが》つ
…あきらめない心

い
SUNT
チリーン
じりじり
暑……

よーーテル
暑いなーー
水飲んでくか？
ほら
ぴちゃぴちゃ
また来いよ
テルちゃん
にーー
ミルク飲む？
おかえりー
テル〜
にゃ〜ん
テル暑かったろう
水飲みなよ
あれまどーしたの
もーー
飲めにゃろ
ケプッ

あたいの名前は「テル」。暑いのが大の苦手。

だから、梅雨明けと同時にやってきた猛暑に、ぐったりの毎日なのよ。

今日は陽が落ちても暑くてたまらない。深夜の町内パトロールまで、涼しいお店でもう一眠りしてよっと。

でも、人間ってたいへん。いつもニコニコ笑顔の人でも、案外苦労していたりするのよね。

ううん、辛いことをいっぱい体験しているから、笑顔なのかもしんない。

今日は、あたいの大好きな気象予報の寺田お兄ちゃんのお話よ。はじまり、はじまり。

◇◇◇◇◇

「お父さ～ん、テルちゃんが鳴いたわよ！　もうすぐ始まりますよ～」

真知子が大声で呼ぶと、奥のトイレから返事が返ってきた。

「おおっサンキュー、サンキュー！」

「そこまでしなくてもいいのよ、真知子ちゃん」

「あ、はい女将さん・・・でも」

ここはレインボー銀座の「居酒屋てるてる坊主」。

毎日、午後6時50分くらいになると、なぜかしら飼いネコのテルが「ミャア～ミャア～」とふた鳴きする。まるで、「天気予報が始まるよ！」と知らせてくれているかのように。

ところが、金曜日だけは早く鳴く。これまた不思議。金曜日は、気象予報士の寺田が早めに画面に映る日なのだ。どうもテルは、寺田のファンらしい。

テルはこの時間、いつも決まってカウンターの奥のブラウン管テレビの上に、ちょこんと乗っている。その画面には、地元テレビ局の「こんばんはニュースです！」が、山あいのお寺を映し出していた。

レインボー銀座は、ぷんぷんと昭和の匂いのする商店街から、ひょいと角を曲がったところにある飲み屋街だ。路地の入口に架かる小さなアーチ。そこに描かれたペンキが、七色だと気づく者はもう誰もいない。錆びた「銀」の文字が斜めに傾いている。もちろんできた頃は、きっと小奇麗な街並みだったのだろう。だが、今では虹とはほど遠い、薄汚れた飲み屋街だった。

日が暮れると、路地に出しっぱなしのスナック「魔法のくに」の電飾看板が、切れかかってパチッパチッと音を立てる。

「てるてる坊主」は、その一角にある居酒屋だ。

大将の名は、内堀勝雄。店員の真知子からは「お父さん」と呼ばれている。なんでも、勝雄自身から「そう呼んでくれ」と頼まれたらしい。勝雄の妻・寛子の方は、「お母さん」だ。真知子は、ほんのひと月ほど前から、この店の二階で住み込みで働いている。

いわゆるシングルマザーで、3歳の女の子と5歳の男の子も一緒だ。

まさしく吹けば飛ぶようなちっぽけな店だが、不思議と常連客が多い。8時を過ぎるといつも満席になり、夫婦ではきりもりができなくなるほどだ。勝雄も寛子も、真知子が来てくれて大助かりだった。


ただ、ニュースの時間のいまは、まだお客はカウンターに二人だけ。ほとんど毎晩、定位置に座るゲンさんとシゲさんだ。勝雄が勢いよくトイレの扉を閉めて、カウンターの中に入るなり、流しの縁に両手をついてテレビの画面を食い入るように見る。

「おおっ今日は中継か！　む・・・どこの寺だ？」

「ホントあんたは、天気予報が好きだねぇ」

「いいじゃぁねえか、この人のファンなんだよ」

⁂⁂⁂⁂⁂⁂⁂⁂⁂⁂⁂⁂⁂⁂⁂⁂⁂

寺田直之介は、地元テレビ局で気象予報士をしている。夕方の看板番組「こんばんはニュースです！」では気象予報キャスターを担当して、もう15年が経つ。

ニュースは見なくても、翌日の「お天気」だけはチェックする人は実に多い。そのため、「明日の天気」のコーナーは、すこぶる視聴率が高い。それまで一桁だった視聴率が、6時55分、寺田がカメラに向かってお辞儀をしたとたん、20％に跳ね上がる。

ところが、データ会社が新聞などで公表する視聴率ランキングに、気象予報は含まれていない。しかし、実際には知る人ぞ知るモンスター視聴率コーナーなのだ。

そんな寺田の人気を当て込み、毎週金曜日に近隣の観光地などから中継を行う。その時は、大幅に時間を拡大。それがまた好評で、このコーナーの名物だ。週末のお出掛け情報もかねており、地域の商工会からは「ぜひ、うちの道の駅を取り上げてほしい」などという要望が殺到している。


その日の中継は、テレビ局本社から1時間ほど車を走らせたところにある古刹《こさつ》だった。小さいながらも、徳があることで知られる住職を慕って、修行僧が訪れる禅寺だ。

その座禅堂の廊下。寺田が画面に映る。

「こんばんは。今夜は、白雲山恵雨寺《はくうんざんけいうじ》をお訪ねしています」

次に、カメラが引いて、住職の姿が寺田の右隣に映し出された。

寺田は、リハーサル通りに、和尚にマイクを向ける。

「こちらには当山のご住職、永山鉄泉《ながやまてっせん》さんにお越しいただきました。このお寺に来られた方には、ぜひ、ご覧いただきたいものがあるそうですね」

「はい」

「それはなんでしょうか」

「こちらです」

と、静かに5本の指を伸ばし、右手を差し出した。座禅堂の縁側から1メートルほど先に、ちょっと大きめの枕ほどの石があった。

カメラが、中指の先にあるものをアップに映す。たぶん、ほとんどの視聴者が「？」と首を傾げたことだろう。

「石ですか？」

「はい、その通り、石です」

鉄泉住職が答える。

「この石は、何か貴重なものでしょうか」

「はい、座禅の石と言われております」

「ほほう、座禅の石ですか?」

「ご覧いただきたいのは、この石の窪みです」

「ほほ〜ずいぶん見事に凹んでますねえ」

カメラが、さらに寄る。そこには湯呑ほどの深さの穴が空いていた。

今度は、鉄泉住職が天に向けて手を差し上げた。カメラも合わせて上に向く。

「あの軒先から、落ちてくる雨垂れが、長い年月を経て凹ませたのです」

「それはすごい。どのくらいの年月がかかったのでしょうか」

「う〜ん、古い文書では、この寺が火災に遭って再建された時、その石はすでにそこにあったと伝わっております。『焼ケシ跡ニ窪石アリ』と」

「それは・・・いつ頃で」

「江戸時代、将軍・綱吉の時代ですな。」

「すると、400年近く」

「おそらく、再建時に再び元の位置に石を置いたものと思われますな。側面の一部が黒く焦げておりますじゃろ」

ここで、一旦ＣＭに入るところだった。

ところが、鉄泉住職が思わぬことを口にして、寺田は戸惑った。

「中をよ～く覗いてみてくれんかな」

「・・・？」

それは打ち合わせにない言葉だった。今朝のうちに恵雨寺に入り、綿密な打ち合わせをした。簡単なインタビューとはいえ、生放送で秒単位のやりとりになる。「こう尋ねたら」「こう答える」と言葉も決めてあったはずだ。それが・・・。

だが、ここで、無理やりに話を止めるのも不自然になる。ましてや相手は高僧だ。無礼があってはいけないし、無理に進行すれば視聴者のクレームにも繋がりかねない。

寺田は思い切って尋ねた。

「何か居るのでしょうか？」

「いいから、いいから」

そう身体を押すようにして促され、寺田は庭ばきの下駄を履いて下段した。寺田を追い駆けてカメラマンと照明さんも下に飛び降りる。予期せぬことだったので、二人とも靴下のままだ。音声さんがマイクを垂らした。

何だろう。小さなカエルでも棲みついているというのだろうか。それなら面白い。テレビ的には充分、画になる。

照明さんがライトを向ける。寺田は、カメラと顔をくっつけて石の穴を覗きこんだ。

「あっ！」

カメラマンが先に声を上げた。その声を音声さんが拾ってしまった。続けて、寺田が、

「え!?」

と発した。その瞬間だった。寺田の頭の中に、遥か昔の出来事がフラッシュバックした。これを「走馬灯のように」というのだろう。ある人の顔が思い浮かび、目の前が真っ白になった。

それは、今から30年ほど前のことだった。

寺田は、ただ漫然と大学の４年間をすごし、そのツケが回って就職活動ではいくつもの企業から冷たくされた。ゼミの仲間全員が就職が決まったのに、一人だけ残された。見かねた教授のコネで入ったのは中堅の飲料メーカーだった。

元々、お茶の製造販売を手掛けるところから発展した会社で、缶入りの緑茶の知名度

は高かった。だが、その他の飲み物のラインナップが少なく、自動販売機での販売に苦慮していた。

寺田が、入社早々に配属されたのは、その自動販売機の営業だった。立地の良いところは、ほとんど大手メーカーに押さえられている。断られて、断られて・・・。成績が上がらなければ、自然と仕事が嫌になる。新人だから、上手くいかないというわけではなかった。上司に叱られたり、怒鳴られたりしたわけでもなかった。いや、どちらかというと優しかった。

だが、寺田には営業という仕事が向いていなかった。

口下手。人見知り。心の中で考えていることが、言葉にならない。社内の会議ですら、赤面して返事ができない。3年頑張った。周りから引き止められたが、どうにも辛くて、辞表を出した。

その後、いくつかの会社を転々とした。もう人と会う仕事は嫌だと思い、工場の生産ラインの仕事を選んだ。だが、それらも「どこかおかしい」と感じた。30歳になった時、ようやく気づいた。その仕事が好きになれないのだ。

ある人が言ったという。「置かれたところで咲きなさい」と。自分もそう思おうと努力してきた。でも、「売る」ことも「作る」ことも好きになれない。親や親しい先輩たちに打ち明けると、誰もが口を揃えるかのように言った。

「なに、甘えてるんだ」

「好きなことを仕事にできる人なんて、世の中には一握りしかいないんだ」

母方の叔父にも言われた。

「お前は逃げてるだけだ」


もう世の中すべてが嫌になりかけた時のことだった。

テレビのニュースで、新しい気象予報会社が作られたことを知る。国の気象業務法が改正になり、次々と民間の予報会社が誕生しているというのだ。その瞬間、なにか身体に電気が走るような思いがした。

寺田は、幼い頃からニュース番組の最後に放送される気象予報が大好きだった。まだ幼稚園に通っているうちから、高気圧、低気圧、寒冷前線などという言葉を口にしていた。

よく、東京の山手線や東海道本線の駅名を暗記して言える子供がいる。そのお天気バージョンだ。小学4年生くらいになると、遠足や運動会の前日には、担任の先生が「おい、寺田。明日は晴れるか?」とみんなの前で聞くくらいになっていた。

毎日、新聞の気象予報図の切り抜きをして、ノートにスクラップした。いくつかの気象に関する専門書も親に買ってもらった。「変わった子ね」と言われたが、ますます気象予報が好きになった。

中学に入ると環境が一変した。「気象予報が好き」と言うと、「オタク」と言われた。イジメにこそ遭わなかったが、防衛本能が働き、学校で気象の話はしないように努めるようになった。自然と興味も薄れていき、スクラップも止めてしまった。それでも、お天気についての興味は、大人になってもずっと密かに抱き続けてきたのだった。

しばらくして、テレビで紹介していた「ウェザーリポート社」という気象予報会社が、新規の社員募集をしていることを知った。営業職としての採用だったが、向き不向きというより「好き!」なら続けられるに違いないと思った。

新入社員には、近く行われる第一回の気象予報士試験の合格者を出すため、バックアップをするという。迷わず、履歴書を送った。そして面接。

天は、寺田を見放してはいなかった。しばらくすると採用通知が届き、もう天にも昇る気分がした。ついに、自分は「好きなこと」を仕事にできるのだ。寺田にとってそれは、野球選手やテレビの画面で見るアイドル歌手になれたのと同じだ。

気象予報会社は、気象庁からの情報や独自のデータに基づき、予報をする。もちろん、それだけでお金は入って来ない。営業が重要になるのは、どの企業も一緒だ。

例えば、ゴルフ場にとっては、カミナリが最も恐ろしい。プレーヤーの命に係わる問題だ。また、雪が積もればクローズになる。気象状況は経営に大きな影響を及ぼすのだ。スポットで、そのゴルフ場のある場所の気象予報を提供する。別に、電話で「明日は晴れますか？」と尋ねるわけではない。端末機を設置してもらい、逐次、データを配信するシステムを買ってもらうのだ。

ここでも、寺田は苦労した。とにかく、相変わらずの口下手だった。なかなか新規の契約が取れない。一旦取れても、すぐに解約されてしまう。だが、それも試験に受かるまでの辛抱と腹をくくった。合格すれば、予報分析の部署に就くことができるはずだと。猛勉強した。絶対に合格できるという自信があった。なにしろ、他の人とは違い、子供の頃からの気象予報マニアなのだ。会社の管理職の人たちも期待してくれた。

ところが・・・まさかの不合格。それも、一緒に受けた同期の4人は合格したのに。

気象予報士試験は、年に2回行われる。「次がある。頑張れ！」と上司にも励まされた。営業で疲れ果てた身体にムチ打ち、さらに勉強した。今度こそ！　と望む。

だが、またまた不合格だった。そして、次も不合格。こうなると、周囲も「頑張れ！」と励まさなくなった。寺田は生来、大人しい性格。それが落ち込んでいるのだから、どう声を掛けていいのかわからないのだ。

第一回の合格率は18％だったが、2回目以降は5％に下がった。いわゆる難関試験だと世間では認識され始めていた。4回目に落ちた時、寺田は初めて悟った。

「これは、自分に合っていない」

寺田は、東京の私立大学の経済学部出身だ。ところが、気象予報士の試験は、化学、物理、数学など理系の問題が多く出題される。高校では、文系コースを選択していたため、微分積分を見るだけで脳みそが拒絶反応を起こしてしまうのだった。

営業の成績は最悪。望みをかけた試験も受からない。社内の誰も口にはしないが、明らかにお荷物だった。おそらく人事部も困ったに違いない。

そのすぐ後のことだった。上司から、ある建設会社の営業を命ぜられた。相手の担当者は、人里離れた山奥深くにいるという。何日か分の着替えを持って、レンタカーを借りて出掛けた。

そこは、電力会社のダム工事現場だった。ダムや橋の工事を専門に請け負う、ゼネコンの事務所となる二階建てのプレハブが、登山道の入り口に5つばかり点在している。車を止めると、その一つから真っ黒な顔をした男性が出てきた。それが、寺田のその後の人生に大きな影響を与える人物だとは思いもしなかった。

スタスタと寺田に近づくと、

「天気予報屋さんですね。ようこそ、所長の東山です」

と言うや、笑って握手を求めてきた。右手を差し出すと、力任せに握られた。真っ白な歯が口元に広がった。

「さあ、行きましょう！」

そう言われ、キョトンとする間もなく、先方の大きなタイヤの四駆に乗せられた。片側が山、片側は絶壁に谷底というクネクネ道を上って行く。あまりの道の悪さと左右の揺れで酔ってしまう。もうダメだ、と青ざめてハンカチを取り出した時、車が停まった。

東山所長がサイドブレーキをかけて言った。

「5年前に起きた集中豪雨で、土砂崩れが起きたんです」

見上げると、右手の山肌をコンクリートが覆っている。

再び、車は走りだした。いくつ目かの九十九折《つづらおり》を曲がったとたん、景色が一変した。

そこは、ダムの工事現場だった。谷底に、何台ものダンプカーが停まっていた。

「さきほどの土砂崩れの現場では、幸い誰もケガがなかったんです。ところが、もう一か所、あそこで鉄砲水が出て・・・」

そう指差す先に、ダンプカーが横倒しのままになっていた。

「大切な部下が・・・」

「え?・・・」

作業員が一人、亡くなったという。寺田は、無意識に目をつむり、両手を合わせていた。

「お気持ち、ありがとうございます」

「い、いえ」

　言葉を亡くした寺田に、東山が言う。

「実は、気象予報はよく見ていたんです。命がかかっていますからね。でも、その雨量があまりにも予想外に大きかった。我々も甘く見ていたのかもしれません。もう二度と、こんな事故は起こしたくありません。だから、おたくの会社にお願いしたいんです。もっと精度の高い予報を」

「・・・」

　寺田には答えることができなかった。

「命のかかった予報」。営業とは、自社の商品を自信を持って売り込まなくてはならない。会社の先輩たちの出す予報が、いい加減というわけではない。いくつもの仕事を転々としてきた、頼りない自分。気象予報士の試験に落ち続けている自分。そして・・・。

　プレハブの事務所まで戻り、休憩所になっている畳の間に上がった。大きなヤカンからお茶を注いでもらった。

「プレッシャーが大き過ぎますか？」

と、東山が言った。

「はい、命と言われると・・・」

「そうでしょうね」

「・・・」

「でも、あなたは正直な人だ。実は、他社さんにもお願いしたんです。即答で『ぜひ、わが社で！』と言われた。でも、私には、なぜか『お願いします』と言えなかった。相手は自然です。お天気です。神様と言ってもいい。本当は、そんなこと、人間の力でわかるわけがないんです。でも、我々はダムを造らなくてはならない。確実なんて無理だとわかっています。そういう無茶なお願いと承知している。だから・・・」

「はい」

「あなたは、誠実なお人柄とお見受けしました。即答せず、返事をためらわれたのがその証拠です。あなたの会社にお願いしようと思うのですが、いかがでしょうか」

寺田は、胸が苦しくなった。言葉を選んだが、どれも嘘になりそうだった。だが、相手は「誠実さ」を買ってくれたのだという。それには、こちらも誠実に応えなくてはならない。

「実は・・・私、これをポケットに入れてここへ来たんです」

と、胸ポケットから封筒を取り出した。ちゃぶ台の上に、東山の方を向けて置いた。

「え?・・・辞表・・・ですって」

寺田は、大学を卒業してから、何度も転職した話をした。ウェザーリポート社に入ったものの、4回続けて気象予報士の試験に落ちたことも。それを黙って聞いてくれた。

山の夕暮れは早い。陽が沈み暗くなりかけた部屋の中にふたりきり。東山が立ち上がって、蛍光灯のひもを引っ張って灯りを点けた。そのまま、事務机の方へ行き、引き出しを開け閉めして何やら探し物をしていたかと思うと、再び、寺田の前にデンと座った。

「これ、あなたに差し上げます」

「え!?」

そう言って東山が、右手の拳を差し出す。ギュウ~と何を握りしめている。

「なんでしょう」

戸惑うばかりの寺田に、東山は拳をそっと広げる。そこには、一つの石榑《いしぐれ》があった。

丸でもない、かといって凸凹でもない。なんの変哲もない、石榑だった。

「次の試験が受かるように、これ差し上げます。これはね、・・・カンツウセキっていうんです」

「カンツウセキ？」

「そう、貫くの貫通で『貫通石』です。これはね、私が初めて監督として高速道路のトンネル工事を任された時に、現場で手に入れたものなんです。もうかれこれ、15年前になるかな」

寺田は、続く東山の話に引きこまれた。

一般的に、トンネル工事は、山の両側から掘り進めるのだという。

大昔は、ツルハシでガツンガツンと叩き削っていた。やがて、掘削機械が開発されると、人間はそれを操作するのが仕事になった。ホイールジャンボという機械で穴を空け、そこにダイナマイトを詰め込む。そして爆破。砕いた岩を外へと運び出す。そしてまた穴を空ける。その繰り返し。

だが、科学技術がいくら進んでも、人は穴倉の中で不安に襲われるという。

「ちゃんと、真ん中で繋がるだろうか？」

と。繋がることは間違いないのである。昔は、たしかにズレて出逢わないこともあったという。だが、綿密に測量して掘り進む現代では、そんなことはありえない。

　理屈ではわかっていてもトンネルの向こう側から来た人たちと出会えるだろうかと、不安になる。だから、出逢えた瞬間は、何にも代えがたい喜びだという。

「それは、難工事でした。山の向こう側は絶壁なんです。だから、掘削機械を運び込んだり、土砂を運び出せるような広く平らなスペースがないのです。仕方なく、片側からだけ掘り進めることになりました。設計上では、明日が貫通する日です。『薄皮一枚』と推測できた時点で爆破作業を止めます。先端にハンマーが付いているジャイアントブレーカーという掘削機械に切り替えて、慎重に掘りすすめます。まるで、手掘りのように。『もうすぐ、もうすぐ』と現場の人間は、トンネルの中で、気を高揚させて待っていました。その時です。一条の光が差し込んで来た！　貫けたんです」

　寺田は、まるでその場にいるかのように引き込まれて聞いた。

「それも、神の思し召しか。山の向こう側に沈もうとしていた太陽の光が、まっすぐ一直線に差し込んで来たのです」

「・・・素晴らしい」

「工事関係者の間では、その貫通した時に出た石を大切に持ち帰り、何か思いを遂げるために努力している人に差し上げているのです。貫通石と呼んで」

「そんな大切な物をいただいてもいいのですか？」

ただの石榑ではある。だが、その謂《いわ》れを聞いて、寺田はその神々しさに臆してしまった。

「もちろんです。ぜひ、受け取ってください。そして、諦めないで試験に合格してください。私は、あなたの予報に命を預けます。いや、今は営業という仕事をされているだけかもしれません。いつか、いつかお願いします。危険な現場で働く我々のために、よろしくお願いいたします」


一泊現場に泊まって、翌日、会社に戻ると、寺田の上司は「どうだった？　東山さん」と聞いてきた。

「はい、契約いただきました」

「そうか・・・、よかったな」

「は、はい」

「いい人だったろ」

「はい、とっても」

「それで・・・飲んだか？　何か言ってなかったか？」

そう言い掛けて、上司はニヤリとした。勘の悪い寺田でも、ハッと気づいた。今回の出張は、上司が仕組んだことだとわかった。それに応えるべく、

「はい！　頑張ります!!」

と言った。


だが、5回目の試験も討死した。6回目も、7回目も。社内どころか、同業者の間でも有名になってしまった。「ウェザーリポート社に諦めの悪い奴がいる」と。寺田は、そんな噂を無視し、数学などの不得意科目を中学校の教科書を買い直して、一から勉強した。挫けそうになると、貫通石を取り出しては、東山さんの顔を思い浮かべる。光が見えるまで、とにかく続けること、諦めないこと。「その向こう側に、工事現場で働く人たちの命を守るという仕事があるんだ」と思うと、心の奥底からエネルギーが湧き出してきた。

8回、9回とまた不合格。

さすがに落ち込むが、またまた貫通石を握りしめ勉強を続けた。

そして！

ついに10回目の試験に合格を果たした。

その年、テレビ局の気象予報の担当に配置換えとなった。気象予報士が読む原稿を作る仕事だ。寺田は、幸せだった。夢にまで見た、気象予報の仕事に就ける。さらに、運はここで尽きたわけではなかった。

地方テレビ局から「新しく始まる夕方のニュース番組に、予報士を派遣して欲しい」と会社に依頼があった。「できたら、若すぎない人を」という要望だった。そこで、寺田に白羽の矢が当たる。転職を繰り返し、さらに気象予報士の試験に落ち続けているうちに、35歳になってしまっていた。それが反対に功を奏したのだ。

実は、気象予報士の試験にパスしても、気象に関わる仕事に就いている人はごく少ない。気象予報会社で働けるだけでもラッキーなのだ。ましてや、テレビのお天気キャスターなどという花形の職業に就くのは、万に一つほどの確率しかない。

長い長いトンネルの向こうから、寺田に一条の光が射しこんだ瞬間だった。

さてさて・・・話は禅寺・恵雨寺の座禅堂に戻る。

「寺田さん、寺田さん！」

イヤホンから聞こえたディレクターの声で我に返った。

「どうしました！」

走馬灯のように寺田の頭の中を駆け巡った二十数年間。だが、それは、ほんの2、3秒の出来事だったらしい。

それでも、3秒も沈黙してしまうと、放送事故の扱いになってしまう。テレビの前の視聴者は「いったい何が起きたんだろう」と思っているに違いない。


寺田は、少々、興奮気味に言った。

「穴が空いてます！　カメラさん、映せますでしょうか」

そして、いつのまにか下に降りている鉄泉住職にマイクを向けた。

「本番前の、ついさきほどのことなのじゃが、下に降りてな、凹んだ穴をのぞき込んでみたんじゃ。すると底に雨水と土が溜まっておった。キレイにしようと思って、指でその土くれを掘り出してみたら・・・」

「はい！」

「なんと、下まで穴が空いておったんじゃ」

「ええ！」

番組にとって予期せぬサプライズになった。

「ちょっと大変じゃが、何人かで持ち上げてみてくれんか。そうすれば、テレビをご覧のみなさんにも見ていただけるじゃろう」

若いＡＤが二人駆け寄る。寺田もマイクを住職に預けて石に手をかけた。石がゆっくり起きた。照明さんが、すかさず向こう側からライトを当てる。すると、50円玉ほどの穴を通して、光がカメラに飛び込んできた。

寺田を始めスタッフ全員が、テレビの前で、何万人、いや何十万人もの人が声を上げているのが聞こえた気がした。

その後、いったんカメラはスタジオに戻り、大急ぎで編集し直したニュースが放送された。

そして、５分後。

再び、恵雨寺に中継のカメラが切り替わった。そこには、座禅堂の廊下に立つ寺田の姿があった。

「さきほどは、私も驚きました。長くこの仕事をさせていただいておりますが、こんな素晴らしいハプニングは初めてのことです。さて、続きまして、『今日のことば・・・お天気は人生を教えてくれる』です。いつもは毎週月曜日にお届けしているコーナーですが、本日は特別に御紹介したい言葉があって時間をもうけました」

そう言うと、手元のフリップがクローズアップされた。

そこには、

『雨垂《あまだ》れ石《いし》をも穿《うが》つ』

と書かれてあった。

「いつもなら、あれこれと言葉の意味を説明させていただきますが、今日は長々と申し上げる必要はないかと思います。どんなことでも、諦めないで続けよう。挫けることなく、腐ることなく。その向こう側には、必ず光がある。例えば、この春、高校や大学の入学試験に不合格で、今も落ち込んでいる人がいらっしゃるかもしれません。でも、で

も、必ず実る日がくる・・・」

そこで、寺田の言葉が途切れた。


⁘⁘⁘⁘⁘⁘⁘⁘⁘⁘⁘⁘⁘⁘⁘⁘⁘⁘⁘⁘⁘⁘⁘⁘⁘⁘⁘⁘⁘⁘⁘⁘⁘⁘⁘⁘⁘

居酒屋「てるてる坊主」では、みんなが画面を見つめていた。そこには、気象予報士の寺田の顔がアップになっていた。

誰もが思った。

「この人も、何か苦労を背負い込んで生きて来たに違いない」

と。なぜなら、わずかに肩を震わせる寺田の瞳が、うるんでキラキラと輝いていたからだった。

◇◇◇◇◇

テレビの上で、テルが背伸びをして「ミャウ」と鳴いた。

“テラさん” のお天気トリビア②

気象庁は金髪がお好き?

気象予報士 寺尾直樹

なんでもかんでもデジタルになった。今どき、地図を広げながら車の運転をする人は珍しいだろうし、久しく辞書を引いたり、ソロバンを使ったという記憶すらない。さらに時代は進み、それらを便利にしたカーナビやパソコン、電卓はたった一台のスマホで用を足すようになってしまった。

さて、雨の日には髪の毛がまとまらず、スタイリングできなくて悩む人が多いのではないか。それには科学的根拠がある。髪が湿気を含み「重く」なるせいなのだ。湿度が高いと髪は伸び、低いと短くなる。その性質を利用したのが、「毛髪湿度計」だ。毛髪なら何でもいいというわけではない。さまざまな実験の末、「金髪」が最も適しているとされている。

エジソンが白熱電球を改良した時、世界中の竹を集めて実験し、その末に日本の真竹が適していることを突き止めたという話は有名だ。それと同じように、「毛髪湿度計」を発明した科学者は、きっと世界中の民族の毛髪を取り寄せて実験したのかな?「1本ちょうだい」なんて言って・・・。

ちなみに日本の気象台では毛髪湿度計が平成5年まで使われていたが、その後、電気式湿度計に取って代わられた。

第三章 「風」のものがたり

樹静かならんと欲して風止まず
…人生とは
後悔を背負って生きるもの

今日は勝ってくれよ〜〜
カットバセー
おっしゃ満塁だ!!
望みが出てきたね
9回裏
ツーアウト満塁
ここで打って
逆転なるかっ
よーし頼むぜぇ
あー!?
ザー……
おいおいなんだよ
全く肝心な時に砂嵐になりやがってこのーー
バンバン
あんたっ叩いたって直りゃしないよっ
こわれるからやめな

おや
おかえり
テル
にゃーーん
ザー
たん
たん
打ったーっ
すちゃ
大きなあたりだー
伸びるっ
伸びるっ
入ったーっ
サヨナラ
ホームランーーッ
おお〜直った!?
よーしよし
よくやったぞ
テル
にゃ?
なんだろね
テルが乗ってると
映りがいいのよね

あたいは、ときどき映りの悪くなるテレビの上で、何とはなしに考えていた。

「人間って、つくづく愚かな生き物ねぇ」

だってそうでしょ。お店に来るどのお客さんも、後悔と取り越し苦労の話ばっかりしているんだもの。ばっかじゃないのって思う。

だって、過ぎたことは変えられないじゃない。まだ来てもいない明日のこと考えても仕方ないじゃない。

でも、人間ってそういう動物らしい。あたいネコで良かったって、ホントに思うわ。

お世話になってて言うのもなんだけどさ。

今日は、そんな愚かなこのお店の大将と女将さんのお話。では、はじまり、はじまり。

◇◇◇◇◇

地元テレビ局の夕方のニュース番組で気象予報キャスターを務める寺田直之介は、この15年間、何度も何度も同じことを人から言われて辟易としていた。

それは・・・

「夕方の5分だけテレビに出るだけで食べていけるなんて、気象予報士はいい商売ですね」

多くの人が勘違いするのも仕方がない。テレビの画面に出るのは、たしかに5分ほどだ。お天気の特集コーナーがある曜日でさえも、せいぜい10分。チョチョイッとスタジオに来て、パパッと稼げる仕事だと思われるのも頷ける。

だが、実際には、普通のビジネスパースンと同じくらい、いやそれ以上に働いている。

月曜日から金曜日まで、寺田が出演する「こんばんはニュースです！」の放送がある日は、朝10時に出勤する。そして、すぐさま、その日の気象情報をチェックして分析。そうこうしているうちに、気象庁が11時の気象情報を出す。そして刻々と変化する空模様を占うのだ。そして今日は、当初の予報よりも早いスピードで低気圧が近づいたことが気になり、いつもより1時間早く出勤していた。

昼飯から戻って、再び資料とにらめっこしていると、午後3時から番組スタッフの打ち合わせが始まった。終わるとその足でメイクさんが髪をセットしてくれる。タレントではないが、テレビに出るということは「そういうこと」らしく、最初の頃は眉を描いたりされるのはこそばゆかったものだ。

その後、ビルの屋上に出て「本物の空」を見上げて確認。視聴者と同じ「生の感覚」を肌で感じるためだ。

「いかんな」

そう言い、左胸に手を当てた。

「低気圧のせいじゃない」

寺田にはわかっていた。ときどき、動悸を覚える。軽い不整脈も。

病なのではない。「あの日」のことを思い出すたび、軽く心臓が波打つのだ。聞こえはしないが、木の枝の葉擦れがざわつく感じ。深呼吸を三度繰り返し、デスクに戻る。

午後5時。その日最後の気象庁の発表があり、もう一度情報の修正をはかる。番組終了後の反省会が終わって、帰宅できるのは11時過ぎだ。

「疲れも溜まってるかな」

遅い夕食を摂り、風呂から出てもついついテレビをつけて、他局の気象情報ばかりに目が行く。よくよく考えると、寝ている時以外には、ずっとお天気のことを考えている。そんな毎日の繰り返しの15年間。その疲れた表情をメイクさんに隠してもらっているわけだから、ただただ感謝しかない。

そして今日も・・・さあ！　本番だ。


だが、また胸の中がザワついた。（落ち着いて、落ち着いて）と自分に言い聞かせる。毎週月曜日の人気コーナーになった「今日のことば・・・お天気は人生を教えてくれる」。

ここで、寺田は、当初からずっと取り上げたいと思っていた言葉があった。それは、「多くの人たちに向けて、ぜひ知ってもらいたい」と願うとともに、寺田自身の心の中にある「後悔の念」を象徴するものだった。だが、「重い」言葉なので、ためらっていた。

忘れようにも忘れられない過去が、グルグルと寺田の頭の中を駆け巡る。

「テラさん、いくよー！　はい、3、2、1」

フロアディレクターの大野の声に、寺田は我に返った。ハッとして背筋を正し、カメラに向かうと、「今日のことば・・・お天気は人生を教えてくれる」と、画面にコーナー名が映しだされた。

「はい！　今日、みなさんにご紹介するのは、この言葉です」

続けて、寺田のバックに大きな文字で映し出された。

『樹静かならんと欲して風止まず』

「これは、中国の『詩経』にある言葉の一節です。今日の言葉は、ちょっと難しいかもしれません。少しお時間をいただき、説明させていただきましょう」

寺田の上半身がアップになった。


ちょうどその時間の居酒屋「てるてる坊主」。

大将の内堀勝雄が客のことは二の次に、テレビの画面に食い入っていた。いつものように寺田が出てくると、「はい、待ってました。こんばんは」などと話し掛ける。

「なんでテレビに話し掛けるかねぇ」

女将の寛子は毎度のことながら、呆れ顔だ。

「お父さん、子供みたい」

と、お手伝いの真知子が言う。「お父さん」とは呼ぶものの、本当の親子ではないことは、この店に来る者は誰もが知っている。だが、誰もそのことを気にしたりはしない。

「真知子ちゃん、うちの人甘やかしちゃダメよ。頼まれてこっそりタバコ渡してるでしょ。知ってんだから」

「うるせえなぁ～静かにしろ。聞こえねぇだろ」

「はいはい」

レインボー銀座のある商店街の一角も、予報通りに雨が降り始めた。駆け足で常連のゲンさんとシゲさんが続けて店に飛び込んできた。傘など持っていない。帰りはいつも、奥さんが迎えに来るからだ。「いつまで飲んでるのよ！」と、怒鳴り口調で。

画面では、寺田が「今日のことば」の説明を始めていた。

「長く人生を送っているうちに、人は一度や二度は過ちを犯すものです。いや、失敗や過ち、ささいな失言の繰り返し、それが人生そのものなのかもしれません。こうすれば良かった・・・とか、言わなきゃ良かったとか。過ぎたことに後悔するのが人間です。良心のない人はいません。だから、人は後悔します」

ここまで聞いて、勝雄は少し身を乗り出した。そして、知らず知らず拳を強く握っていた。

ゲンさん、シゲさんはそれに気づかなかったが、寛子はチラリと勝雄に視線を送った。真知子も、ビールを冷蔵庫に補充しつつ耳を傾けている。それぞれが、「後悔」という言葉に引き付けられていた。

寺田が続ける。

「そんな過去の過ちに対する後悔。忘れてはいるようでいて、何かの拍子に、ふと思い出すことがあります。すると、心が揺れ動きます。それはまるで、樹木の葉っぱに風がザワザワと波立つように。いくら『止まれ！』と叫んでも『静まれ！』と願っても、風が止むことはありません」

ここまで聞いて、勝雄の様子はますます固くなっていた。一方、ゲンさんとシゲさん

は、テレビには無関心な様子で、お互いにビールを注ぎ合い今日何度目かの乾杯をした。

寺田の言葉はさらに続く。

「・・・人間の力では、どうしようもないことがあります。過ぎ去ったことは、二度と取り返しがつきません。月日が流れるのは止められないのです」


勝雄の人生は、「後悔」の繰り返しだった。

わかってはいる。わかってはいるつもりなのに、なぜ、人は過ちを繰り返してしまうのであろう。勝雄の過ちのことの始まり、それは高校一年の夏に遡る。


勝雄は父親の顔を知らない。幼い頃は、何度も母親に訊いた。

「うちはなんでお父さんがいないの？」

「お仕事で遠くに行ってるんだよ」

洗い物やら何かをしながら、いつもそう答えた。幼稚園、小学校と、友達の間で父親の話が出るたび、「僕のお父さんは、遠くに仕事に行ってるんだ」としゃべっていた。

最初は「ふ～ん」と返事していた友達だが、次第に問いかけてくるようになる。

「どんな仕事?」

「どこで?」

「いつ帰ってくるの?」

当然、勝雄には答えられない。

母親は、近くの繊維品加工の作業所でパートをしていた。だが、母子家庭での生活は苦しい。電気代がもったいないから、ごはんになるまで灯りは点けるなと言われていた。だから、母親が帰るまで、暗い部屋の隅でじっと膝を抱えて待つ。

勝雄の家は、二階建てのアパートの二階の端っこ。足音で母親の帰りがわかる。バタンっとドアが開くと、蛍光灯を点けて母親にぶつかるように飛んで行く。それを、笑顔で迎えてくれる。

そして、今日一日、ずっと尋ねようとしていた質問をする。

「ねえねえ、お父さんはいつ帰るの?　何の仕事をしてるの?」

「そうね、かっちゃんが大人しくおりこうさんにしてたら帰ってくるのよ」

そう、笑顔で答えてくれた。

だが、小学校も2年生くらいになると、勝雄自身も「事情」というものがわかってくる。それは、残酷な子供たちの言葉がきっかけだった。

「嘘ばっかし。かっちゃんち、お父さんが遠くに働きに行ってるって言うけど、一度も見たことないぞ」

「そうだ、そうだ」

勝雄も薄々はわかっていた。だが、母親が嘘をついてるとは思いたくなかった。いつも優しい母親のことを。しかし、友達の言葉は続く。

「お母ちゃんが言ってた。かっちゃんのお父さんは、ずっと前に出て行ったきりだって」

すると、別の友達も言う。

「なんか、かっちゃんのお母さん、お父さんに殴られて病院に行ったんだって。血だらけで警察が来たって」

「嘘だ！」

「ほんとだもん。聞いたもん」

「バカヤロー！　そんなの嘘だ」

その晩、母親が帰ってくるなり、勝雄は友達が言っていたことをぶつけた。わかってはいた。どちらが本当なのかを。でも、それを心の中にしまっておけるほど、まだ大人ではなかった。母親は、笑顔で答えた。

「ううん、かっちゃんが大人しくおりこうさんにしてたら帰ってくるのよ」

いつもと同じ。だが、一つ違ったこと。笑顔は作り物で、瞳が悲しげだった。

それからは、もう二度と、勝雄は父親の話をしなくなった。次の日から、母親は少しずつ勝雄に「やさしくなくなった」・・・ような気がした。そう思ったのは、ずっと後になってからのことだ。

だが、間違いなく母子の心の距離が遠くなったのは、「あの日」が始まりだった。

勝雄は中学に入ると、良くない連中とつるむようになる。学校が終わって家に帰っても、誰もいない。みんなそういう家庭の仲間だった。その仲間のアパートが溜まり場になる。

学校では先生に目を付けられ、ことあるごとに「またお前か」と決めつけられた。2年、3年と言われ続けるうちに、濡れ衣であっても否定しなくなった。

それでも高校へは進学した。だが、相変わらず仲間は悪かった。半ば、暴力団に繋がる者もいた。何度も補導され、母親が迎えに来た。生活課のお巡りさんにペコペコと頭を下げる母を見るのが辛かった。にもかかわらず繰り返す。

その頃、母親は体調を崩しがちで、パートへも行けない日が多くなっていた。明らかに身体のどこかが悪い。だが、勝雄には「大丈夫か」の一言さえ言えなかった。「あの日」からほとんど母子の間で、会話というものが失せたままになっていたから。

それは突然やってきた。

ただの補導ではなかった。仲間の一人が薬物所持で逮捕されたのだ。勝雄は何もしていなかったが、それを証明する手立てがない。いつも一緒に居るということで、共犯と目されたのだ。

ところが、ほとんどしゃべりはしなくとも、毎回すぐに飛んで来てくれた母親が、今日は姿を見せない。

「オフクロは？」

「連絡が取れん」

顔見知りのお巡りさんが、困り顔で答えた。

翌日わかったこと。母親は、パート先で倒れ救急車で病院へ搬送されていた。しかし、病院へ着く前に命が尽きた。脳内出血だった。

その後のことは、頼れる親戚もなく、パート先の社長が葬儀を仕切ってくれた。警察に勝雄を引き取りにも来てくれた。

高校は、当然のごとく退学になった。すると、社長が、すぐに就職先を紹介してくれた。よほど母親は信頼が厚かったのだろう。

就職先は、大きな料亭だった。「追い回し」と言われる下働きで、それこそ奴隷のように先輩たちにこきつかわれた。小突きもされ、ときには親方に見えないところで殴られたりもした。

だが、そんな厳しい世界のおかげで、それまでの「良くない連中」との関係を断つことができた。後でわかったことだが、荒々しい先輩たちが、勝雄の昔のチンピラ連中をブロックしてくれたのだ。勝雄は、貧困と荒んだ生活から解放された。

だが、一つ。心の中におおきな石を背負った。それは「後悔」という名前の、どうしようもない代物だった。

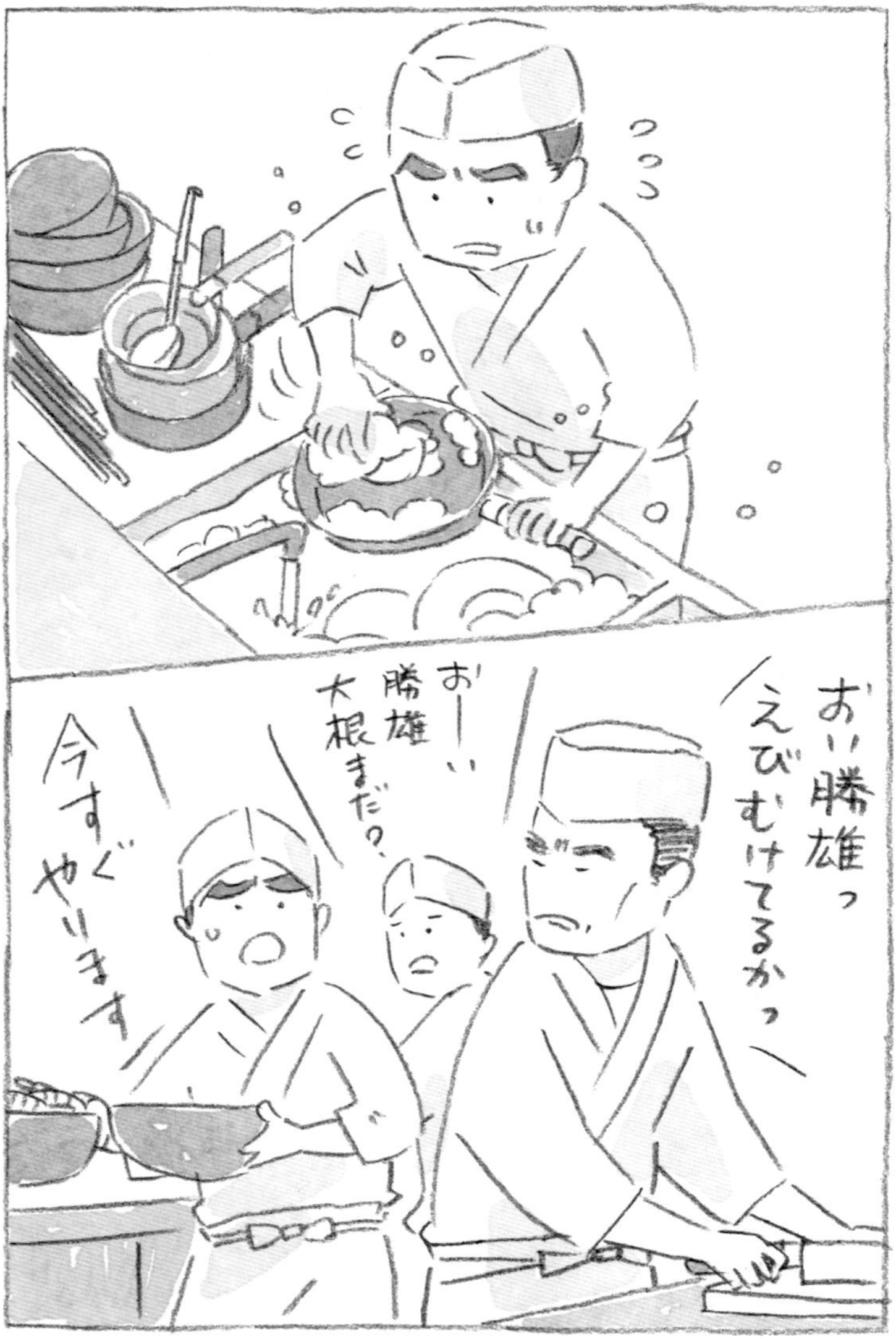

おい勝雄っ えびむけてるかっ
おーい 勝雄 大根まだ？
今すぐやります

勝雄に月日が流れた。

30歳になり、厨房では煮方を務めるまでになっていた。先輩が独立したり、不祥事を起こしたりして上がいなくなったこともある。だが、何より真面目さが腕を上げるスピードを後押しした。親方もそんな勝雄を認めていた。

その上、恋もした。相手は、弓子。仲居としてアルバイトに来ていた女の子だった。少しグレていたことがあり、父親が早くに亡くなり母子家庭ということでも勝雄と似ていた。だから、話も合った。

世間に対しての引け目が、生まれて初めてプラスに感じられた。「結婚」という言葉は、まだ先のことだろうが、「弓子と、こんな家庭が作れたら」などという妄想を抱くこともあった。

そこまで10余年。苦労と辛抱が実り始めたという矢先の出来事だった。板場の火を落とし、社員寮のアパートへ帰ろうとしたところを親方に呼ばれた。

「おい、勝雄。相談なんだがな」

親方は、勝雄を個室のお座敷に招き、正座をした。慌てて勝雄も居住まいを正す。

「おめえ、良子んことどう思ってる」

良子とは、親方の一人娘だ。

「一緒にならねえか」

「え?!」

まったくの予想外のことで、言葉が出なかった。

「良子に聞いたらな。お前のこと悪く思ってないっていうんだ・・・いや、なんて言うか・・・好きだってな」

寝耳に水だった。たしかに良子とは、よく話をする。自分よりも10歳も下。今年短大を卒業してお店のレジの手伝いをしている。けれども、まさか・・・。

「お前の昔のことはよく知ってる。でもな、この10年の頑張りも俺が一番知ってる。俺も歳を取った。女房と俺は結婚が遅かったんで、あいつは40ん時の子だ。そろそろ先のこと考えんといかん。二人が一緒になってくれたら、お前たちに、この店を任せようと思う。いきなりじゃ、他の板場の連中の手前もある。1年ほど、俺の兄弟子の八百政《やおまさ》んとこ行って釜の飯食わせてもらって、戻って来て祝言。そいでもって副料理長ってことでどうだい」

勝雄は、どう答えていいのか、ただ戸惑った。

まさか、親方がそこまで自分のことを買ってくれていたとは思わなかった。

ついつい有頂天になった。もちろん、断るつもりだった。自分には、弓子がいる。それに、不釣り合いな結婚は難しい。お客さんや先輩から、さまざまな話を聞いたことがある。でも、嬉しい。良子は美人でもあった。もし・・・あんなキレイな子と・・・。

そう考えるだけでのぼせてしまった。

「いいよ、返事は急がない。あいつもまだ二十歳だ」

「は、はい」


アパートへの帰り道、気づくとスキップのように弾んで歩いている自分がいた。

「いえい！」

自然に拳を空に上げていた。

翌日、良子が親しげに近づいて来た。昨日までとは、まったく様子が違っていた。

「ねえ、かっちゃん。明日のお休みだけど、買い物付き合ってもらってもいいかな」

それを板場のみんなが聞いていた。生まれてこの方、こんな気持ちになったのは初めてだった。昨日まで強面《こわもて》だった3つ年上の先輩が、作り笑顔で言う。

「行って来たらどうだい」

皮肉と羨望の入り交じった不思議な顔つきだった。

「あ、はい」とは答えたものの、自分には弓子がいる。早く断らないといけない。そうは思うが、「こんな美味しい話を蹴るなんて馬鹿じゃないか」と、心の中のもう一人の勝雄がささやく。

だが、親方から話を聞いて、丸一日も経たないうちに、「良縁」の話が弓子の耳に入った。誰がしゃべったのかわからない。納戸で来月の器を選んでいたら、弓子がこっそりとやって来た。

「ほんと・・・なの？」

ただ、それだけ言い、勝雄を恐る恐る見つめた。

「あ、いや・・・それは」

順番が違った。先に知られてしまったことで、返す言葉に戸惑った。ちゃんと話そう。そうは思うが、喉が渇いて声を発することができない。

弓子は、洗濯し終えたおしぼりをその場に投げ捨てるようにして、外へ飛び出して行った。そこへ、厨房から親方の呼ぶ声がした。追いかけることができず、そのままになってしまった。今晩、店が引けたら、ちゃんと話そう。うん、まずは親方に謝らなければ・・・。そして、弓子にもきちんと。

だが、それよりも先に、悲劇が襲った。それは、救急車のサイレンの音で知らされた。店を飛び出した弓子は、路地から大通りへと駆けた。目撃した人が言うには、歩行者側の信号は赤だったという。そしてトラックが弓子に触れた。ほんの少し触れただけに見えたという。なのに、弓子の身体はオモチャのように宙を舞った。

なぜ「あの時」、親方に断れなかったのか。夕べ遅くにでも、「こんな話があってさ」と、冗談交じりに弓子に話すことだってできたはずだ。

勝雄は、すべてを失った。恋人も、働き口も。なにもかも。

そして勝雄の胸の奥深くに刻みつけられたのは、二度目の「後悔」という代物だった。

女房の寛子と出会ったのは、３年ほど流れ流れて辿りついた、地方の料理旅館だった。

寛子も不遇な生い立ちだった。両親の顔を知らないという。父方の叔母に育てられたが、その叔母も早逝し、中学3年の時に養護施設に入る。

幼い頃からの入所者が多い中、どうしてもみんなに受け入れてもらえず、いじめに遭った。園長先生に懇願し、定時制高校に通いながら、寮に入って働ける会社を探してもらった。

この国に限らない。不幸の星の元に生まれたものが、不幸から抜け出せる確率は、針の穴ほどに小さい。その会社で出会った男との間に子供ができた。最初は喜んでくれたが、半年も経たないうちに男は、会社に無断で姿を消した。もう、臨月を迎えており、寛子は父親のいない子供を産んだのだった。

勝雄は、女房のことではあるが、自分から昔話を訊かないようにしている。それでいいと思う。訊かなくても「不幸だった」ことに違いはない。

勝雄が寛子に出逢った時、その子は3つになっていた。プロポーズした時の言葉は、自分でも上出来だったと思っている。

「サエちゃんの父親にならせてくれ」

あの日の寛子の涙が、今も勝雄にとって生きるための大きなエネルギーになっている。

勝雄、寛子、そして小枝の三人は家族になった。

それからは猛烈に働き、小金を貯め、ようやくレインボー銀座の古い古い居酒屋を居ぬきで買ったのが10年前のこと。何しろ、料亭で修業し煮方までいった腕だ。お客さんが付くのに時間はかからなかった。

小枝は、両親とは違い「不幸」とは無縁に育った。勝雄は小枝を溺愛した。「後悔」という、やり直すことのできない人生を取り戻すかのように、愛情を注いだ。

中学1年の時、「そろそろ大丈夫だろう」と夫婦で話しあい、勝雄が実の父親ではないことを告げた。二人には自信があった。10年間、明るく明るく、笑って笑って暮らして来たからだ。

小枝は、かなりショックを受けた様子だった。でも、すぐに「私には、お父さんはお父さんだから」と言い、笑顔を見せてくれた。「この子はたいしたものだ」と、勝雄は感心した。自分だったら、受け入れられるか自信がないと。

だが、それは小枝の精一杯の強がりだったということに、少しずつ気づくことになる。

二学期が始まって早々、担任の先生から呼び出しを受けた。

「タバコを吸ってるみたいです」

にわかには信じられなかった。だが、本人に聴くと、すぐに認めた。よくない友達に無理やり吸わせられたという。だが、それが始まりだった。

勝雄と寛子の目には、感じられないくらいのゆっくりとした速度で、小枝の行いは谷底へと下っていった。家では、それまでと変わらぬ態度だったから気づかなかった。本人が、努めてそうしていたのだろう。

高校2年の時、小枝から突然、「結婚したい」と言われ驚いた。

怒ってはいけない、と勝雄は自分を抑えた。普段、穏やかな寛子は、信じられないほど怒った。怒鳴った。

「何言ってんの！　その年で！」

まるで、ウサギの着ぐるみを脱ぎ去ったオオカミのように、小枝は怖い顔で言った。

「母さんに言われる筋合いはないわ。真似しただけだもの」

寛子が手を上げた。「いかん」と思った瞬間、勝雄が先に手を上げていた。小枝のくちびるが切れて、みるみる血が流れた。その血を手で拭うと、小枝は家から飛び出した。

その二時間後、小枝は彼氏を連れてやって来た。案の定、とんでもない男だった。

歳はおそらく30に近いだろう。単なる不良ではない。暴力団の下っ端か。顔を合わせるなり放たれた、その男の台詞に青ざめた。

「俺の女を傷付けやがって！　治療費よこせ」

両親に向かって言う言葉ではない。話のできる相手ではない。狂っている。そんな男の背中にもたれて、小枝がタバコをふかしている。

「恩知らず！」

そう怒鳴る寛子に、小枝がすまして言う。

「恩知らずって何？」

「お父さんに決まってるでしょ」

「誰がそんな恩、頼んだのよ」

「出ていきなさい！」

その場が沈黙になった。誰もしゃべらない。小枝がプイッと踵《かかと》を返して表へ出ると、男が追いかけて行った。

それっきりになった。本当にそれっきり、小枝は家に戻らなかった。

いや、それから半年後、一度だけ勝雄のケータイに電話があった。慌てて出ると、

サエ…

「ごめん、お父さん・・・あいつクズだった」

そんなことはわかっている。何があったのかも推測できた。そして、

「ありがとう」

と泣き声で言った。だが、勝雄が「どこにいる？」と尋ねる前に電話が切れた。ふたりで、またかかってくるに違いないと、ずっとずっとケータイを身近に置いている。だが、音信のないまま3年が経った。また一つ、勝雄は「後悔」を背負った。それも、大きな大きな塊だった。

⁘⁘⁘⁘⁘⁘⁘⁘⁘⁘⁘⁘⁘⁘⁘⁘⁘⁘⁘⁘⁘⁘⁘⁘⁘

テレビの画面では、気象予報士の寺田が、いつもより一層真面目な顔つきでカメラに向かっていた。なんだか、スタジオの静けさまでもが電波に乗って届いているかのように。

寺田が訥々《とつとつ》と語り出した。

「実は、私には、後悔してもし切れないほど辛い出来事があります。今日もこうしてみなさんに明日のお天気をお伝えする仕事をしておりますが、実は気象予報士の試験になんと9回も落ち続けました」

「へえ～」

ゲンさんがそう言うと、真知子が、

「よくあきらめなかったわね～、えらいなあ」

と続けた。

「でも、それを励ましてくれた恩人がいました。とある建設会社のダム工事の現場で出会った所長さんです。もうダメだと、あきらめかけていた時、一つのことを続ける大切さを教えてくれた方です。そのおかげで、くじけずに10回目のチャレンジで合格しました。私は、すぐにお礼に伺うつもりでした。ところが、合格したとたん、にわかに仕事に追われるようになり、いつかいつかと思ううちに、1年、2年と月日が経ってしまいました。思い切って夏休みに訪ねることを決め、その建設会社に電話をしました。すると・・・」

ここで、寺田が肩を震わせ始めた。その瞳は赤らんでいる。

「『どういうご関係ですか？』と問われ、事情を話すと、重く静かな声で答えてくれました。『所長は、亡くなりました』と言われました。私が合格通知を手にした、その三か月後のことだったそうです。爆弾低気圧がダムの工事現場を襲い、想定外の被害が起きたのでした。その被害者の一人が、所長でした・・・私は今も、『なぜ、もっと早くにお礼に伺わなかったのだろう』と後悔しています。その後悔は、何年経っても止むことはありません。まさに『樹静かならんと欲して風止まず』。ずっと、心の中では、木々の葉っぱがザワザワと音をたて続けているのです」

勝雄と寛子は顔を合わせ、同時に眉を下げて溜息をついた。

真知子は、「寺田さん、よくテレビで告白されたわね」と感心している。

寺田が、一呼吸の後、話を続けた。

『樹静かならんと欲して風止まず』の後には続きの言葉があります。『子養はんと欲して親待たず』といいます。ことわざの、『孝行したい時分に親はなし』と同じ意味です。つまり、後悔しないように親孝行しなさいよ。という教えですね。親には限りません。誰に対しても、恩義を受けた人に対して、充分にお礼を言いなさい。お返しをしておきなさい。生きているうちに。そうしないと後悔しますよと。でも、解釈はいろいろあります」

なぜか、スタジオのスタッフたちの沈黙も、画面から伝わってくるようだった。

「でも、私はこう思うのです。過ぎたことは仕方がない。犯した罪は戻らない。それに甘んじて心の苦しみを背負って生きるしかない。だからこそ、今日という日を、後悔しないように生きよう。もう明日からは、後悔のない生き方をしよう。それこそが、恩を受けた人たちに対する、恩返しなのではないかと。この言葉は、そう教えているのだと思うのです」

勝雄は、気づくと寛子の肩を抱き寄せて泣いていた。それをゲンさんとシゲさんが、キョトンとして見つめている。真知子も、その理由を訊くことはできなかった。ただ、ただ、できるかぎりそばにいて、見守ってあげようと思った。

テレビの上から、ピョンッとテルが飛び降りたかと思うと、画面の寺田に鼻を寄せて「ミァウ～」と鳴いた。

「では、続けて明日の天気です。

・・・低気圧が通り過ぎ、全国的に青空が広がるでしょう」

◇◇◇◇◇

サエ 5才
サエ 3才
サエ 7才

"テラさん" のお天気トリビア③

雲の量が80%もあっても、晴れ?!

気象予報士　寺尾直樹

テレビの視聴者である小学生から、こんな質問が届いたことがある。「曇って、雲が何個あること？」。「何個？」というところが子供らしくて可愛らしい。気象予報で「曇」とか「晴れ」とかいうが、いったい何を基準にしているのだろうか。

それには決まりがある。気象台によっても異なるが多い所で一日7回。おおよそ3時間ごとに、あらゆる方角を見上げて「雲の量」が空全体で何割を占めているかを観察する。1割くらいだったら「雲量1」、2割くらいなら「雲量2」と判断。「雲量0」も含めて11段階に分類する。「雲量0」と「雲量1」なら、「快晴」。「雲量2〜8」は、「晴れ」。「雲量9」と「雲量10」は「曇り」となる。

おそらく、誰もが「え？」と疑問に思うことだろう。空の8割も雲が覆っている。となると、青空の部分は探さなければわからないという状態だ。それを「晴れ」だなんて。納得できないという人もいるに違いない（私にもどうすることもできないのですが）。

だが、このことから「学び」もある。人生、いろいろある。失敗や挫折。恥ずかしい思いもする。そんな毎日ではあるが、それでも「曇り」ではなく「晴れ」だと思えば元気になれる。なにしろ、空に8割雲がかかっていても「晴れ」なんだから。

第四章　「雪」のものがたり

欲と雪は積もるほど道を忘れる
…吾れ唯足るを知る

宝くじ
LOTA
ジャンボ
7億円
LOTA3
連番三つとバラ三つね
1万8千円になります
7億当たりますよーに!
にゃーーっ
テル!?
なぜここに!?
いいかテル!かーちゃんには内緒だぞ
宝くじは金の無駄使いだって怒られるからよ

7億当たったら
お前にもたらふく
ささみ食わして
やるから
さっお前も
当たるように
おまじない
しとくんなっ
ぱし
にゃおーーん
当選発表
当たってる!!
初めて
当たってるぞ
テルの
おまじないが
効いたんだっ
お前は
本物の招き猫
だな!!
次の宝くじが発売された日…
テルちゃん
わしのにも
おまじない
してくれっ
わいわい
前回はいったい
いくら当てたの？
60枚買って
5等の
一万円…
おしおきだよっ

最初に断っておくけど、あたいは盗み聞きしているわけじゃないからね。テレビの上で眠っていると、みんなお酒が入って大声になるから、どうしても聞こえちゃうのよねぇ。

そのお客さんの話で、一番多いのが「お金」の話。「1億円当たらないかなぁ」とか「カミさんに小遣いを減らされた」とか「サラ金に手を出してしまった」とか。

自慢じゃないけど、あたいたちネコの世界にお金はないからね。勝手に人間が「猫に小判」なんてことわざ作ったみたいだけど、失礼しちゃうわ〜。

人間ってホントに不思議。お金で人を妬んだり、憎んだり。お金でどうしたこうしたって、喜んだり悲しんだり。

今日は、そんな愚かな人間の物語。はじまりはじまり。

◇◇◇◇◇

寺田直之介は、本番50分前にもかかわらず迷っていた。その迷いは、つい先ほどからのものではなく、昨晩から続いている。

どうしても決断がつかず、ダウンのコートを掴みデスクから外へ飛び出した。

「おい！　テラさん、どこ行くんだ！」

後ろからフロアディレクターの大野の怒鳴り声が聞こえた。

「すぐ戻ります!!」

「仕方がねぇなあ、またかよ」


振り返りもせず、エレベーターへダッシュしボタンを押す。最上階に着くほんの10秒ほどの合間も「む〜」と言葉にならない唸り声を上げている。

ドアが開くと、階段を駆け上がり屋上に出る。腕組みをして真上を見上げた。12月に入り陽がかなり短くなっており、つい先ほど日は沈んでしまった。だが、町中はまだ暮れきっておらず、イルミネーションも加わって空は薄明るい。

「まさしく雪催《ゆきもよ》いだな」

「『雪催い』とは、俳句の冬の季語だ。今にも雪が降ってきそうな雲の様子を差す。俳句で言えば風情があるが、そんな「振りそう」というはっきりしない状態が、寺田の仕事には一番の悩みだ。

寺田は、地元テレビ局の夕方のニュース番組「こんばんはニュースです！」で気象予報キャスターを務めている。もう15年にもなるが、常に注意をしているのが、「初ナントカ」である。

春にはウグイスなどの「初鳴き」、夏にはセミの「初鳴き」。日本人は、この季節の移ろいのサインをことのほか大切にするので、視聴者も関心が高いのだ。その最たるものが、「初」は付かないが桜の「開花」であろう。

そしてもう一つ。「初霜」「初氷」「初雪」にも敏感だ。これから厳しい冬がやって来る。その前触れを耳にすると、冬支度を始める。人間の防衛本能から出て来るものなのかもしれない。

ビルを包み込むようにして、灰色の雲が垂れ込めていた。はたして、今夜から明朝にかけて「降る」のか「降らない」のか。もし降れば「初雪」だ。

寺田は気象予報の業界に入って、驚いたことがある。気圧や気温、雲の動きなどはデータだけでは判定できないものがある。その一つが、「初雪」だ。機械が「初雪」と決めるわけではない。誰かが「初雪」と認めるわけだ。

それを観測するのは気象台の職員である。気象台の職員が空を見上げ、「雪が降って来た」と確認できればそれが「初雪」となる。量は問わない。何十センチ積もろうが、ほんの少しちらついた程度だろうが「初雪」となる。

ここで鋭い人は疑問がわいてくるだろう。

「ちらつく程度だったら見逃すこともあるんじゃないか?」

と。気象台の職員は、24時間、凍えた寒空の中でずっと上ばかり見ているわけではない。

気象台には、「露場」と呼ばれる気象観測を行う場所に感雨器なるものが設置してある。この感雨器は少しでも水滴を感知したら電気が流れ、アラームで雨や雪が降ったことを知らせてくれるのである。

今宵のような「雪催い」の時には、もし、アラームが鳴ったら「露場」へ見に走る。

目で確かめないと、それが「雨」なのか「ひょう」「あられ」「みぞれ」なのかわからない。結局、デジタルな時代になっても、「初雪」は人が決めるのだ。ちなみに「みぞれ」は「雪」に含まれる。

寺田は、予報に悩んだ時、空を見上げ風や空気を肌で感じて、最終の予報をするようにしている。デジタルの時代ではあるが、人間の感覚を大切にしたいと思っていた。

「降ることは間違いない。だが、あとは時間と量だな・・・ひょっとすると、よほどの降雪量ということもありうるな」

寺田は結局、迷ったままスタジオへと向かった。

⁘ ⁘

澤田真治はスマホを片手に、優一から指定された店を探して商店街をうろうろとしていた。ジャンパーを羽織ってはいるものの、足元から身体全体に冷気が上がってくる。

「ここか・・・」

「レインボー銀座」と書かれたアーチを見上げる。錆びた「銀」の文字が斜めに傾いている。その上から、今にも降り出しそうな雲がどんよりと垂れ込めていた。

「何がレインボーだ。薄汚れた飲み屋街じゃねえか」

荒んだ心を抱える真治に似つかわしい路地だった。スナック、麻雀屋、立ち飲み、ラーメンなどの電飾看板がいくつも目に入った。

真治は、その一軒の居酒屋の扉を開けた。表の赤ちょうちんには「てるてる坊主」と書かれてある。


時間が早いせいか、それとも流行っていないからかお客は誰もいない。「いらっしゃい」と言われ目が合った大将に、わざと明るく振舞って言う。

「待ち合わせなんだ。ここへ来るように言われて・・・少し早いけど」

「はい、伺っております。谷口さんのお友達だそうですね。大学がご一緒だとかで。こんなお店ですけど、反対に昔話で盛り上がるにはよろしいかもしれませんよ」

「あ、ああ・・・」

「小上がりにどうぞ」

カウンターの席の向こうに、畳敷きのテーブル一つ。その上には、もう箸置きとコップが置いてある。

「先に飲まれますか、ビールでも」

「ああ、雪が降りそうだからね。ちょっと温まりたい」

「じゃあ、熱いの一本つけましょう」

「真知子ちゃん、お願い」

「はい、お父さん」


カウンターの中から、歳の頃三十くらいのお運びの女性がとっくりを持ってきた。大将のことを「お父さん」と呼んでいるから娘なのだろう。女将さんは菜箸を手に、ずっと鍋の底を見つめている。何か煮物でも作っているのだろうか。それにしても、両親のどちらにも似ていない。

そんなことを考えていると、女性が睨むような目つきで真治を見た。チラリと。ふだんなら「何か顔に付いてるか?」と問いただすところだが、大切な話の前なので言葉を飲み込んだ。

一合も飲まないうちに身体が温まってきた。そこへ扉がガラッと開き、懐かしい顔が入ってきた。大学時代の友人・谷口優一だ。

「やぁ」

と右手を軽く上げかけたところで、真治は動けなくなってしまった。作り笑顔も凍りつき、言葉を失った。

優一の後から、のれんを手で割って入って来たのは美佐。今は、優一の妻だ。大学を卒業して18年、三人とも平等に歳を重ねたはずだが、自分よりも若く見える夫婦に嫉妬を覚えた。

（俺よりずっといい暮らしをしてるからな。幸せだと歳も取らないってわけか）

真治は心の中で舌打ちをした。

（なんで美佐ちゃんが来るんだ。優一の奴、裏切りやがって）

「久し振り、真ちゃん」

美佐の笑顔につられ、真治は愛想笑いをして答える。

それこそ15年ぶりくらいに会ったにもかかわらず、真治はもう、ここからどうやって逃げ出そうかとばかり考えていた。なぜなら、美佐には内緒で、こっそりと優一からお金を借りる算段だったからだ。電話では、その金額も伝えてある。

だが、美佐が一緒となると、その話もご破算であることは間違いない。・・・ということは、裏社会の連中にどこかへ売り飛ばされるか、自ら命を絶つか、どちらかしかない。

真治は目眩を覚えた。しかし、席を立とうと腰を浮かせるより先に、二人が靴を脱いで上がって来てしまった。

無言のまま、二人の眼に目を向けられず、真治はうつむいて靴下の穴を見た。


真治と優一と美佐。三人は同じ大学の仲間だった。たまたま、入学式の後、学食のテーブルで並んで座ったのが初めだった。美佐をはさんで、真治、そして優一という順に座った。

いや、たまたまというのは嘘だ。「あっ、可愛い子がいるな」と思い、後を追いかけて隣に座っただけだ。友達になった後、尋ねもしないのに優一が同じ行動を取っていたと聞き、驚いた。

だが、その後の展開は思いもしないことだった。A定食なるランチを食べ終えると、美佐が真治の方を見て行った。

「ねえ、私まだ一人も友達がいないの。友達にならない？」

「え・・・？」

返事をする間もなく、右手を振り向き優一にも、

「ねえ、三人、友達にならない？」

その後、嫌というほどわかった。美佐はまったく物怖じしない性格。明るくて、まっすぐで人を疑わない。「どういう家庭だとこう育つんだ」と不思議だった。そして、それも、長い付き合いの中で、少しずつわかってくる。


美佐をリーダーのようにして、三人は親友になった。英語など共通する授業では並んで坐った。一緒にアルバイトもした。三人でよく旅行に出掛けた。安宿の同じ部屋に、三人雑魚寝したこともある。

「どこへ行くか」は、全部、美佐が決める。二人はそれに従う。それでいて、バランスのとれた関係ができていた。

だが、そんな男二人に女一人などという均衡が、永遠に続くわけもない。真治も優一も、最初は「可愛い」という理由でこっそり後を付けて来たのが、縁の始まりだったか

らだ。

真治には勝算があった。普段の会話や態度で、なんとなくわかるのだ。優一よりも、自分の方に好意を持ってくれていることに。

真治は三人でいる時、いつも冗談を飛ばす。すると、美佐が力いっぱいどついて「何言うてんねん！」と関西人ぽく突っ込んでくる。その二人の様子を見て、美佐のいないところで優一がある日ポツリと言ったことがあった。

「お前たち、いいコンビだよ」

「何言ってんだよ」

と言い返したが、その手ごたえを感じていた。「美佐は俺に惚れている」と。

その三人の微妙な均衡がギリギリ保たれたまま、トリオに別れの日が近づいていた。

真治は経済学部、美佐は国際社会学部なのに対して、優一は医学部だったからだ。優一の家は、小さい個人病院だった。後を継ぐのが幼い頃から決められていた。当人も何の疑いもなく医者を目指した。

美佐は、小さな広告代理店に就職が決まった。真治は、食品専門の商社に勤めることになった。だが、医学部の優一だけは後、二年大学がある。その後も、インターンがあり父親の病院を継げるのはずっと先の話だ。

真治は思った。稼ぐのは医者にはかなわない。だが、相手は一人前になるには何年もかかる。その間にプロポーズをして美佐と結婚しようと。

優一のおっとりした性格からして、妨げたりはしないだろう。それに、お医者さんというだけで、結婚の相手はより取り見取りだ。

しかし、商社に入ってわかった。こんな安月給じゃ、美佐を幸せにすることなんてできないという現実を。初任給は手取りで13万円を切っていた。就職して親の仕送りがなくなり、アパートの家賃に光熱費を支払うとほとんど残らないのだ。

会社が終わった後、深夜までバーテンダーのアルバイトを始めた。それをプラスしても、25万円を超えない。

「こんなことをしていてはダメだ」

そう思いつつ仕事をしていた。

そして、その仕事がきっかけだった。担当する部署が扱っていたのが、小豆に大豆。

顧客の注文を受けて、できるだけ安い値で仕入れて卸す。ここで真治は、「穀物相場」という世界を初めて知った。これは大儲けできるに違いないと思った。

美佐にプロポーズするため、大きなダイヤモンドの指輪を買うため今の会社を辞め、商品取引の会社に転職した。

その話をすると、美佐は眉をひそめた。何か言いたげだったが、黙って伝票を手にして喫茶店を出た。答えは、数字で出せると思ったからだ。

商品取引は顧客の注文を取り、資金を運用するのが仕事だ。そこでノウハウを学び、自分自身で売り買いして大儲けできると信じた。

だが、世の中、そんなに上手い話が転がっているわけがない。結果は、自分どころか顧客にまで大損をさせてしまい、逃げるようにして会社を辞めた。

その後は、なんとも「絵」に描いたような転落劇だった。

最初にやったのは、マルチまがいの浄水器の販売だ。始めた頃は個々の家を回って、「健康不安」を訴える巧みなトークで売りつける。それでは効率が悪いので、仲間に知恵を授かり、「名簿」を買って一人住まいのお年寄りを狙った。

すると、面白いように売れ、大金が入って来た。なにしろ、原価は千円。販売価格は30万円。儲かるに決まっている。

だが、そんな怪しい商売が続くわけもない。売り付けたお婆ちゃんの息子が消費者センターに相談し、裁判沙汰にまで発展した。かなりピンチだったが、「あの子はいい人なのよ。私の身体のこと心配してくれるんだから、ひどいことしちゃダメ」とかばってくれた。そのおかげで事なきを得たが、さすがにその業界からは足を洗った。

だが、一度、甘い汁を吸ってしまった人間は、コツコツなんてことがばからしく思えるようになってしまう。

今度は、ベンチャー企業の未公開株、さらに臨海地区再開発におけるテーマパーク用地の不動産債権の販売を手掛けた。もちろん、立派な詐欺だ。

元締めの用意周到なマニュアルを元に売って売って売りまくった。そして、破綻。元締めは検挙され、真治は行方をくらました。

もうどうにもならない事態になっていた。そんな時、決まって声を掛けて来るのは闇社会の人間だ。明日の食事にも困り、振り込め詐欺の「受け子」をすることになる。心は荒んでも、顔つきは真面目に見えるらしい。何度も現金の受け取りに成功し、リーダーから目をかけられた。その男は暴力団の準構成員。それを知るのは後のことである。

ある日、弁護士を装い一人住まいの老人宅を訪ねた。いつものようにお金を受け取り、立ち去ろうとしたところ、奥の部屋から制服姿の警官が現れた。もう頭の中は真っ白。駆けて駆けて、駆け抜けた。

逃げ切れたと思ったのもつかの間、リーダーに呼び出され脅された。

「しくじった現金、お前が立て替えろ。十日やる。５００万。いいな」

この世界で、逃げられないことは知っていた。同じ「受け子」でしくじった若い奴は、海外へ連れて行かれて身体で返したという噂を聞いていた。

何度も金を借り、とうに両親の元へは帰れなくなっていた。もっとも、父親は認知症、母親はその介護で倒れて長く入院している。どうすることもできず、一番頼みたくない奴に電話をした。優一だ。

二人は、28歳の時に結婚していた。真治が浄水器を売っていた頃だ。まだ、ときどき連絡を取り合っていたので、結婚式と披露宴の招待状をもらった。どの面下げて行けるというのだ。美佐は、結局、金持ちの優一と一緒になった。幸せのすべてを手に入れたわけだ。一方、真治は全てを失った。

怒鳴ってくれた方が楽だった。それこそ、バーンと頬を殴ってくれたほうが。しかし、美佐は笑顔だった。

「ごめんね、真ちゃん。この人さ、嘘つけないから、わかってるでしょ」

そうだった。優一が裏切ったわけではない。一人で問題を抱えられる性格ではないのだ。

「真ちゃん、まだそんなことやってんの？　まだ人生やり直すのは間に合うわよ」

（もう終わりなんだよ。金持ちに何がわかるってんだ）

「黙ってないで、何か言いなさいよ」

それは、決して責めるふうではない。初めて三人が学食で出会った時と同じように、カラっとした口調だった。

「何がわかる」

ぽつりと一言、真治が漏らす。

三人の様子を知ってか知らずか、ブラウン管テレビの上でずっと眠っていたネコが、急に背伸びをしたかと思うと、「ミャア～」と鳴いた。すると、女将が大声で言った。

「あんた！　テルが鳴いたわよ、ほら始まるよ～」

「おお、そうだそうだ」

真治は、美佐と優一の顔をまともに見ることができず、カウンターの方を向いた。大将が包丁を置き、テレビのリモコンを手にして操作し始めた。どうやら、ボリュームを上げたらしい。そして腕組みをする。

「始まった始まった・・・」

男性キャスターが、

「それでは、次は、気象予報士の寺田さんのコーナーです。よろしくお願いいたします」

と言い、カメラが切り替わった。にこやかな表情の男性がアップになった。

「こんばんは、毎日、お天気の情報をお伝えしている寺田直之介です。毎週月曜日は『今日のことば・・・お天気は人生を教えてくれる』のコーナーです。今日、みなさんにご紹介するのは、コレ！」

寺田のバックに大きな文字が映し出された。

「欲と雪は積もるほど道を忘れる」

「これは、昔から人づてに伝わる雪国地方の言葉です。なんとも奥が深いですね。もうすぐ年の暮れ。大晦日には除夜の鐘をつきます。みなさんご存じのように、人間には百八つの煩悩があると言われています。その煩悩を祓うために鐘をつきます。消し去ることができるのであれば、そんなに良いことはありません。でも、人はたくさんの煩悩を持っています。その煩悩に惑わされないように、打ち払うのです」

「なるほど、そうやなぁ～煩悩が無くなったら、人じゃなくて神様仏様になっちまうもんなぁ」

大将は、画面の寺田に話し掛けるように呟く。

コーナーは続く。いつしか、三人もテレビの方を向いて見入っていた。

「その煩悩というのは何かというと、欲のことに他なりません。『美味しいものが食べたい』『異性にモテたい』『大きな家に住みたい』・・・。『何々したい』ということですね。その欲は、良いように働くと、仕事を頑張るエネルギーになります。ところが、悪い方に働くと、破滅してしまいます。それが今日の言葉です。『欲と雪は積もるほど道を忘れる』」

真治は、悪いタイミングのところに居合わせたものだと思った。耳が痛い。

「雪国では、大雪になると本当に道がわからなくなってしまうのです。例えば、国道でもどこからどこまでが車道で、どこからが路肩、側溝かすらも。ですからよくスキーに出掛けた車が、側溝に脱輪してしまい、大渋滞を引き起こすのです」


それまで黙り込んでいた優一が、ふっと言葉を発した。

「なあ、真治。もう一度やり直せよ、力貸すよ」

「お前みたいなボンボンに何がわかる」

ここで急に、美佐の顔つきが険しくなった。

「わかってないのは、真ちゃんよ。なんで私が、この人と結婚したかわかるの？」

「金持ちだからだろう」

「バカ言わないでよ」

「何がバカだ。俺はな、ずっとずっと美佐にプロポーズするために、金儲けしようと頑張ってきたんだ。お前たちが一緒になった後だってそうだ。お祝いの一つも送ってやれなかったけど、いつかドーンとプレゼントして驚かしてやろうってな」

美佐は悲しげな瞳で真治を見つめた。そんな暗い表情は、出逢って以来始めてだった。

「いい、真ちゃん。なんで私があなたじゃなくって、この人を選んだのか教えてあげる」

「・・・」

その時、カウンターの向こうの大将、女将、そして真知子も、いけないと思いつつ聞き耳を立てていた。

「三年生の時よ、真ちゃんのアパートで私、すごく悲しいことがあったの」

「なんだよ」

「真ちゃんがアルバイトで大金が入ったからって言って、私たちにレストランで夕ご飯をご馳走するって言ったのね。そんな贅沢はいいから、みんなでスーパーへ行って材料買って来て、私が作ってあげるって言ったの。それなのに、真ちゃんはどうしてもレストランに行くって言い張って。たぶん、もう予約とかしてあって、張り切ってたんだと思う。その気持ちはさ、嬉しかったんだけど・・・。結局、真ちゃんすねて出て行ったきりその晩は帰って来なかったのよ」

「そんなことあったっけ」

そうは言ったものの、真治ははっきりと覚えていた。二人に奢りたくて、喜ぶ顔が見たくてひとり真夜中の工事現場で頑張った。それだけにあれは悔しくたまらなかったのだ。


「真ちゃん、私の生い立ち知ってるでしょ」

「ああ」

美佐は、三歳の時に母親を病気で亡くした。建設の仕事をしていた父親が、母親の分まで可愛がってくれたと聞いている。

「私はね、お母さんの手料理を食べたことがないの。お父さんも仕事から戻るのは遅いし、スーパーのお惣菜とかがご馳走だった。日曜日には、ときどきショッピングモールへ連れて行ってくれ、『ミサの好きな店で食べよう』って言ってくれた。でもね、それはね、お母さんの味でもお父さんの味でもないのよ。美味しいけど、美味しいだけなの。真ちゃんにはわからなかった。私はね、大きな幸せが欲しいんじゃないの。だって、ずっと不幸だなんて思ったことは一度もないんだもの。その日、その日、何か小さな幸せがあれば生きて行ける。そう思ってた」

　真治は美佐の瞳をじっと見つめて話を聞いた。そらしたかったが、今、そらしたら罪を犯すようで怖かった。

「こんな話をしに来たんじゃないの。でもね、今言わなきゃ言う時がないから教えてあげる。あの日ね、真ちゃんがアパートの部屋を出て行ったあと、この人と何をしたと思う?」

「え・・・」

　真治は今度こそ逃げ出したくなった。

(聞きたくない、聞きたくない。決まってるだろ、何をしただなんて・・・)

「真ちゃんの部屋の冷蔵庫にあった残り物でね、チャーハンを作って二人で食べたのよ。ううん、真ちゃんの分も作ってテーブルの上に置いておいたの覚えてる?・・・まあいいわ。でもね、私、悲しくて悲しくて、泣きながら作ったんで失敗して焦がしてしまったの。でも、捨てるのももったいない。落ち込んでいたら、この人が台所までやって来てね、チョチョイってフライパンの中から指でチャーハンをすくって食べたのよ。アチチって言いながら・・・」

優一は、恥ずかしげにほほ笑んだ。

「それでこう言ったの。『うまいじゃん』って。その時ね、私はお母さんのことを思い出したの。実はほとんど顔さえ記憶がないの。私が知っているお母さんの顔は、写真のものなの。お母さんは、きっとね、もっともっと私にご飯を作りたかったに違いない。悔しくて悔しくて死んでったんだろう。でもね、その時、私はお母さんになれたと思ったの。私が作った失敗作のチャーハンを『美味しい』って言って食べてくれる人がいる。ああ、なんて幸せなんだろう、って思ったのよ」

「そんな・・・」

「そうなのよ、本当の話。その日までは、私は真ちゃんが好きだった。もちろんこの人のことも好きだったけど、結婚するのは真ちゃんだと思ってた。でも、その瞬間に変わったの。私はね、他人がね、どうなふうに思おうと、そんな小さな幸せが欲しかったの。ご飯を家で作って、家族で一緒に食べる度に、『幸せだなあ』って思えること。それが一番って」

真治は、もう返す言葉がなかった。

しばらく沈黙が続いた。テレビからは、市役所職員の不正事件のニュースが流れてきた。しかし、その場の誰もが上の空だった。

美佐が、手元のバッグを引き寄せて中から包みを取り出した。その紙袋には、銀行の名前が印刷してある。

「これ、使って」

「え?」

「困ってるんでしょ。全部聞いたわ」

そんな話を聞かされた後だ。真治は喉から手が出るほど欲しかったが、指先さえ動かすことができなかった。そのくせ、悪態をついた。

「医者のボンボンの金だろ。もういいよ」

「違うわ。半分はこの人が出したの。でも、半分は私がパートして貯めたお金よ。二人のお金。困っている時の友達じゃない。いい!　私が怒っているのはね、私に内緒でこの人にだけ連絡したことなの。いいかげんにしなさいよ!　素直になりなさいよ!」

いつの間にか、美佐は声を張り上げていた。


ここで、ずっと黙っていた大将が三人に話し掛けた。

「悪いが全部聞こえちまってな」

「すみません、お店の中で取り込んだ話して」

そう言う優一に、

「いやあ、いいんだ。この前な、寺田さん・・・さっき出てた気象予報士の人がな、こんな言葉を紹介してたこと思い出してな。

「なんですか」

「『雪中炭送』ていうんだ」

そう言い、大将は、「今日のお品書き」の黒板の隅っこに白墨で走り書きした。

「これは中国の「宋史」にある言葉だそうだ。ある日、北宋の太宗って偉い人が、雪の日に、貧しい人に穀物や炭を贈ったという故事から出たらしい」

女将さんがこれを受けて、言う。

「私はこれを聞いてパッと頭に浮かんだの。戦国武将のライバルだった上杉謙信が武田信玄に塩を贈ったという逸話があるでしょ」

「そうそう、それだ。殺し合いするくらいの武将でも、そういうことがあるんだな。おせっかいは承知だ。でもな、友達なんだろ、なんて言ったけ、そこの人。受け取りなよ。人生はさ、何度でもやり直せるさ」

　その時だった。カウンターの中の真知子が、真治にむかって鋭い目つきで言った。

「あんた、それ受け取らないと、私が許さないわよ」

　何を言い出すのか。真治はキョトンとした。大将にも女将にも見当がつかず唖然とした。続けて、言う。

「私はね、あんたみたいな甘えん坊見ると、腹が立って仕方がないの。それにね、私も震災で何もかも失ったところへ、還付金詐欺に遭ったことがあるのよ」

「えっ！」

　真治が青ざめた。

「騙された人は、弱い人なの。自分で破滅しておいて、可愛そうなフリするなんて許さない。でもね、どん底へ落ちて行く中、どうしようもなく藁をも掴んでしまう気持ちはすごくわかるの。それがあって今がある。いいの、私は今は幸せなの。あんたもね、こんなよい友達がいるんじゃない。素直になりなさいよ。受け取らなかったら、私が許さないわよ」

真治は気づくと泣いていた。きっと、かなり前から涙が溢れていたのだろう。そんなことにも気づかぬまま、茫然として宙を見上げた。頬から首筋へと涙が流れおちた。

優一が、真治の手を取り、お金の包みの上に手を置いた。その上に、美佐が手を置く。

「あれ？　雪だ」

いやに冷えると思い、ガラス越しに外を見た女将が言う。

「ホントだ」

大将が扉を開けて路地に出た。

「いやあ、雪だ雪だ」

テレビでは、寺田が今晩から明朝にかけての予報をしていた。

「今、この地方に雪がチラつき始めました。この雪、初雪となるわけですが、日にちが変わる頃から本格的になり、明日の朝は積雪10センチを超えるものと予想され

ます。通勤通学の皆さんは、いつもより早めにお出掛けください。また、車はスリップ、人は転倒に充分お気を付けください」

真知子は思った。東北の故郷を。

雪が積もると、道をも忘れる。だが、暗い過去もすべて真っ白に消し去ってくれる気がした。

美佐、真治、優一の三人も、路地に出て空を見上げた。おのおのの過去を振り返りつつ。

テルは、ブルブルッと身震いをしたかと思うと、「ミャウ～」とひと鳴きして再びテレビの上で丸くなった。「あ～あ、ホント愚かよねえ」と呆れて漏らしたのだが、その場の人間様にはもちろん伝わらなかった。

◇◇◇◇◇

はい

“テラさん” のお天気トリビア④

お天気業界の隠語『見逃し』と『空振り』

気象予報士　寺尾直樹

気象予報士にとって、一番に辛いのは「予報がハズレたとき」だ。視聴者からお叱りがテレビ局に届く。仕事仲間であるはずの番組のキャスターですら「ハズレましたね」などと、ニヤニヤしてツッコミを入れてくる。

気象予報の業界では「降水なし」と予報したのにもかかわらず、降ってしまった場合は「見逃した」と呼ぶ。反対に「降水あり」と予報したのに降らなかった場合は「空振った」という。この「見逃し」「空振り」はおそらく野球用語から転用されたものと思われる。

ここで、気象予報士に心理的な思惑が働く。もしも「見逃し」て雨や雪が降ってしまったことで、人々の生活に影響が出てしまうとクレームに繋がりかねない。そこで「安全に行こう」と考える。「見逃し」でお叱りを受けるのなら「空振り」でお叱りを受けた方がいいと無意識に（?）思ってしまうのである。本当は気象予報は100％科学的根拠により行うべきなのだろうが、そこに「人間の心」がほんの僅かながら介在してくる。ピッチャーはスタンドやカメラの向こう側の観衆を意識し、プレッシャーを浴びながら投げることになる。どことなく気象予報士に似ているような気がする。

第五章　「太陽」のものがたり

「お天とう様が見てるぜ！」
…誰が見ていなくても、
自分が見ている

じ……
明日活きのいいカツオが入ったらカブトをテルにやろうな

わくわく
はいお待ちっ
うまいねー
!!
ぷいっ
カブトくれるって言ったのにぃ～

あたいは怒ってるの。猛烈に怒ってる。

だってさ、昨日、大将は言ったのよ。

「テルちゃん、明日は生きのいいカツオを仕入れて来てやるからな。頭のところ全部、お前に食べさせてやるからなって」。

ところがどういうことよ。そのカツオ、お客さんに焼き物にして出しちゃうんだもの。ぜったい許さないからね！

人間ってホント愚かよね。

一番ダメなところは「嘘をつく」っていうところ。あたいたちネコは、みんな正直だから信じられない。

今日は、嘘のラビリンスに迷い込んだ人間のお話よ。はじまり、はじまり。

◇◇◇◇◇

「はい、それでは次は明日のお天気の情報です。寺田さん、よろしくお願いします」

　メインキャスターから、気象予報の寺田直之介にカメラが切り替わった。

「みなさん、こんばんは。気象予報をお届けします。その前に、一つお詫びを申し上げなければなりません。先週の金曜日のこの時間に、わたくしは『明日、つまり土曜日の明け方には雨が上がって、お出掛けに適した週末になるでしょう』と申し上げました。ところが、昼ごろまでなかなか止まず、この春休みの休日に行楽にお出かけのみなさんにはたいへんご迷惑をおかけしてしまいました。その理由は、予想よりも低気圧が進むのが遅かったことにありましたが、心よりお詫び申し上げます」

　それを聞き、スタジオの大野ディレクターが呟いた。

「おいおい、テラさんまたかよ。そんなに謝らなくてもいいのに。お前だけじゃない、他の局の気象予報も同じだったんだから」

寺田は何度も大野から「あくまで予報で１００％ってことはない。そんなに気にするな」と言われていた。だが、「謝る」ことは寺田の「こだわり」であり「けじめ」だった。

どんなに科学が発展しても、人間の存在は自然の中の一部分であり、自然の偉大さにはかなわない。どんなに注意をはらっていても、想定外の天変地異によって人の命が奪われることがある。「たかが雨」「たかが風」と思わぬようにして、常に真摯な気持ちで予報することが大切なのだ。

だから寺田は、もし予報がハズレてしまった時には、理由は後回し、まずは頭を下げる。

⁘ ⁘ ⁘

「え?!　なんだって」

青ざめた顔の山下工場長が、猫背の頭をさらに低くして立っていた。

「たいへん申し訳ございません」

「どういうことなんだ?」

「社長どうしましょう」

「どうするって・・・私もすぐに工場と倉庫へ行く。詳しく説明してくれ」

稲村謙一は、菓子メーカー「いーな食品」の代表取締役社長だ。戦後すぐに祖父が駄菓子の製造を始めた。その時、駄菓子屋さんへ販売したのが、「いーなイカ」という商品だった。裂きイカを小麦粉にまぶして焼き、醤油で味付けをしたスティック状のお菓子。これが全国の子供たちに大人気となり、会社は大きくなった。

父親の代になり、スーパーで販売する袋菓子に手を広げる。原材料の多くはイカやタラなど海産物だ。これが大人向けの「お酒のおつまみ」としてヒットし、さらに会社は大きくなった。その会社を引き継いだのが、謙一だ。

自分の代になって、特に新しいヒット商品が出たわけではないが、おつまみ業界では、一、二位を争うシェアを誇っており、業績は安定していた。

山下工場長が鍵を開け、一緒に倉庫の中に入ると、段ボールに詰め込まれた主力商品の「いーなイカ」がうず高く積まれていた。

「たいへん申し訳ございません」

「これが全部そうなのか？」

「はい、全部です」

謙一は、卒倒しそうになった。もし・・・廃棄することになったら。その損失額は・・・。

ブルブルっと頭を横に振った。

ここは「いーな食品」の工場敷地内にある倉庫。裏手にトラックが横付けできるようになっており、全国の卸問屋やスーパーの配送センターへ発送するようになっている。

「・・・もう既に、三分の一が出荷済みです」

「なんだって?!」

「一部の商品は店頭に並んでいるものと思われます。さらに明後日から順次、残りの商品も発送の予定です」

謙一は、両手を顔に当て呆然とする。

「な、なんでわかったんだ」

「はい、長峰さんが気づいたんです。『いーなイカ』の製造に使用した小麦粉の空き袋を処分しようと整理していたそうなんです。そうしたら、空き袋の消味期限の印字に目が止まり、凍りついてしまったというんです」

長峰さんとは、父親の代から30年以上も長く勤めているパートのおばちゃんだ。

「それで、どれくらい期限がオーバーしてたんだ」

「これが、その空き袋です」

　謙一は、10キロ入りの小麦粉の空き袋を手に取った。そこには「消味期限3月20日」とある。

「・・・製造日はいつだ」

「3月21日です」

「え！　たった1日か」

「はい、でも期限切れには変わりなく・・・」

「わかってる！」

　謙一は、つい大きな声を出してしまった。たしか製粉メーカーから仕入れた際の消味期限は1年だ。それがなぜ、こんなことになってしまったのか。山下工場長が、その疑問に先回りして言った。

「去年の夏の台風の時、倉庫の屋根が一部破損したことがありましたよね」

「ああ、あの時はたいへんだったな」

　小麦粉などの原材料は、普段、温度湿度管理をした材料倉庫に保管している。その倉庫の修繕中に、二度目の台風がやってきたのだ。

最初は、上陸しないという予報だったが、急に進路を変えたと聞き大慌て。謙一は、真夜中に連絡のつく限りの社員に召集をかけた。そして、小麦粉やら醤油のタンクを一時的に別の倉庫や事務所の廊下へ緊急避難させたのだった。

「おかげで、材料は全部無事だった。ホント冷や汗をかいたな」

「はい、社員たちのおかげです。ところがその後、材料倉庫に戻す際に、保管場所を間違えてしまった・・・らしいのです。うちの倉庫は、先に仕入れた材料から順に使用できるようにと置き場所に工夫が凝らされているのです。新しく仕入れた小麦は、奥の方へと積む決まりとなっています。そこへ、普段とは違う部外者の社員に手伝ってもらったので、古い小麦粉と新しい小麦粉の並び方が逆になってしまったようで・・・」

謙一は、溜息をついた。脳裏には暴風警報の出る中、ずぶぬれで働いてくれた社員の姿が思い出された。そのおかげでピンチを乗り越えることができた。

だが、それが今、あだとなって最悪の事態を引き起こしたのだ。

「なんで、使用する前に、もう一度、袋の印字をチェックしなかったんだ!」

ビュオオオオオ〜〜
いーな食品

「す、すみません」

今さら、そんなことを言っても仕方がない。だが、今は工場長の山下以外に憤りをぶつける相手がいないのだった。

「それで、どうするんだ」

「製粉メーカーに照会しましたところ、小麦粉の消味期限が切れたからといって、すぐに食べられなくなるわけではないと言っておりました。カビやダニが混入していなければ健康上の問題はないそうです」

「そうか！　じゃあいいんだな」

「いや、ただ、あくまでも小麦粉は食品なので、時と共に品質が劣化して味にも影響が出るというのです」

「うちは、イカにまぶしてから焼くんだ。少しくらい古くたって、味の変化なんてわからないだろう」

「は、はあ・・・たしかに」

「このことを知っているのは、誰と誰なんだ」

「いまのところ、私と社長に、長峰さん・・・だけです」

謙一は、長峰のおばちゃんなら愛社精神も厚いはずだから、会社に不利益になることは口外しないだろうと思った。だが、念のため山下に命じた。

「いいか、長峰さんには誰にも言うなと伝えておけ」

「すると・・・」

「いや、まだわからん。考えさせてくれ。まさか製粉メーカーに喋ってないだろうな」

「もちろんです。仮の話として尋ねました・・・スーパーへの商品の納入期限が、明後日に迫っております。もし・・・もし・・・」

「うるさい！　わかってる」

「・・・」

山下工場長は、再び項垂《うなだ》れてしまった。

「す、すまん。とにかく時間をくれ」

そう言い残すと、謙一は倉庫を後にした。

その2時間後のことだった。

パートの長峰さんから社長室に電話があった。謙一は、ドキリとした。たぶん、山下工場長から話が伝わったのだろう。「黙っておくように」と。

「謙ちゃ・・・いえ社長、ご無沙汰しております」

「ああ、こちらこそ長峰さん」

謙一は、幼い頃からよく長峰さんに遊んでもらった。父親が長峰房子とは小学校からの同級生で、家も近所ということもあり家族ぐるみの付き合いをしていたのだ。長峰さん夫婦に子どもがいないこともあり、お互いに「謙ちゃん」「おばちゃん」と呼び合う仲だったのだ。

謙一が会社を引き継いでからも、工場に用事があって行く際には、顔を見ると挨拶くらいはしていた。だが、父親が亡くなってからは、それもおざなりになっていた。

「聞きました。私がもっと早く気づいていたら・・・」

「いや、長峰さんは在庫管理の担当じゃない。気にしなくてもいいよ」

「それで・・・どうされるおつもりですか？」

心配してくれているのだろうか。それとも、隠ぺいを防ごうとして、プレッシャーをかけるために電話をしてきたのだろうか。

「あの、社長・・・今夜空いてますでしょうか」

「今夜・・・？」

「はい、ちょっと付き合っていただけないでしょうか」

「付き合うって」

「居酒屋で一杯」

「居酒屋だって？・・・しかし」

どう対処したらいいのか。今夜はじっくり考えるつもりだった。右を選ぶか、左を選ぶか。それによって、会社が傾く恐れもある。返事に戸惑っていると、

「後で、場所は連絡しますね」

と言い、一方的に電話を切られてしまった。慌てて工場へ掛け直したが、今日は早くに退社したという。ということは、社外からかけてきたらしい。

「まあ、ほうっておこう。それどころじゃない」と椅子に深くもたれ、腕組みをして様々なケースを思案した。

悪い心が勝り、「バレなきゃいいだろ」「たった1日じゃないか」「品質には問題ない」と心の中で繰り返す。だが、その数分後には、「コンプライアンス違反だ」「もしバレたらどうなる？」「ネットやマスコミで炎上か？」と、悶々とする。

その繰り返しで、時計を見ると3時間も経っていた。

「いかん、今日は早く家に帰ろう」と立ち上がったところへ、秘書が入ってきた。

「社長、パートの長峰さんから電話がありまして・・・」

「え？」

「伝言だけおっしゃって、すぐに切ってしまわれました」

と言い、メモを渡された。そこには、「居酒屋　てるてる坊主」という店名とともに電話番号が書かれてあった。

謙一は、不安になった。もし長峰さんが、他の人に漏らしたら・・・。マスコミにリークしたら。いや、そんなはずはない。父親の代から家族同様の付き合いをしてきたのだ。でも、もしや・・・。謙一は秘書に、居酒屋の場所を調べてくれるように頼んだ。

「もし、もし、そうだとしたら、口封じをしなくては。出掛けた方がいいな」

謙一は、会社のすぐ近くにこんな場所があるなんて知らなかった。地図を片手に夕暮れの商店街をトボトボと歩いた。すると、「レインボー銀座」という古ぼけたアーチが見えた。

錆びた「銀」の文字が斜めに傾いている。スナック、麻雀、立ち飲み、ラーメンなどの店が肩を寄せ合うように立ち並ぶ薄汚れた飲み屋街だった。

「ここだ」

赤ちょうちんに「てるてる坊主」と書かれている。のれんを掻き分け、扉を開けた。

「こんばんは」

「はい、いらっしゃい」

カウンターの中には、大将と女将さん、そして若い女性が気ぜわしく働いている。そして・・・。

「あら、早かったのね」

長峰さんはもう先に来ていた。カウンターの一番奥の席だ。早いせいか、他にはまだ客はいない。目の前には、ビール瓶が一本とコップが2つ。もう半分ほど飲まれているのがわかった。

「このお店はお馴染みなの。こっちが大将の勝雄さん。女将の寛子さんと、お手伝いの真知子ちゃん・・・あっ、こちら私が30年もお世話になってる会社の社長さんです」

そう紹介され、謙一は腰を折ってお辞儀をした。すると、三人もそれに合わせてペコ

リと頭を下げた。

謙一は思った。こんなカウンターの店では、何も話すことができないじゃないかと。ましてや、あんな話など。長峰のおばちゃんは、こちらの胸の内を知ってか知らずかニコニコして、

「大将！　社長には何か美味しいもの作ってあげて」

と言った。

「あいよ！」


さて、「てるてる坊主」に来て、謙一はどうしていいのかわからないまま1時間が過ぎた。長峰さんが話題にするのは、すべてが昔話である。

「ねえねえ、謙ちゃんたらさ、中学んとき失恋したでしょう」

「え？」

「ほらほら、優子ちゃんよ」

「なんで知ってるんですか」

「だって、裏庭で『優子ちゃ～ん』って言って、泣きながらバット振ってたもの」

謙一は、イライラしながらビールをもう2本も飲んでいた。もしアルコールが入っていなければ、顔が赤くなったことがバレていただろう。

「あははは」

長峰さんは陽気に笑った。途中から、常連らしき男の客も二人増え、ますます肝心なことが喋れなくなっていた。そこへ真知子が大将の方を向いて言った。

「お父さん、始まりますよ」

「ああ、もうこんな時間か」

大将が包丁を置き、テレビの前で腕組みをする。長峰さんが画面に向かって指差した。

「大将はね、この人のファンなのよ」

「え・・・? この人って誰?」

⁂

「テラさん、いくよー! はい、3、2、1」

フロアディレクターの大野の声が、イヤホンに響いた。寺田は、背筋をスッと正してカメラに向かう。「今日のことば・・・お天気は人生を教えてくれる」と、画面にコーナー名が映しだされた。

「はい！　今日、みなさんにご紹介するのは、この言葉です」

続けて、寺田のバックに大きな文字が映し出された。

『お天とう様が見てるぜ！』

「今日は、いつもの著名人の言葉やことわざと違って、映画の台詞《せりふ》から取ってみました。国民的人気映画シリーズ「男はつらいよ」の第11作、「寅次郎忘れな草」の中で、渥美清さん扮する寅さんが言うセリフです。それも、有名な冒頭の夢のシーンで出て来るんですね」

大将は画面を見ながら、「うんうん」と一人頷いている。その映画を見たことがあるのだろうか。だが、謙一は、そのセリフを聞いてハッとした。番組のコーナーは続いた。

「みなさん、よくご存じのように、私は気象情報のコーナーの冒頭でお詫びすることがあります。前日の予報が大きくハズレてしまった時です。こんな舞台裏の話を申し上げますと、プロデューサーから叱られてしまいますが、『あんまりペコペコ頭を下げるな』

『番組の信頼にかかわる』と言われております。でも、私としましては、気象を予報するのが仕事でして、それがハズレた場合、素直に謝るべきだと思っているのです。もう15年間もこの仕事をさせていただいておりますが、最初の頃は、番組の女性アシスタントから『またハズレましたね』と、気象予報の前に突っ込まれてムッとした表情をカメラの前でしてしまったことがあるのです。ですが、その後、考えが変わってきたのです。なぜハズレたのかと言い訳をするのは簡単です。相手は偉大な自然現象ですから、人間の力は及ばない世界です。でも、スルーしたりゴマかしたりせず、まず謝る。そこから次の一歩が始まるのではないかと考えるようになったのです」

ここまで寺田が言ったところで、再びメインキャスターに画面が切り替わった。

「それが寺田さんの持ち味なんでしょうね。SNSでは『また寺田さんがハズレて謝った』なんて書かれているみたいですからね。ハズレた方が、視聴率が上がるかも」

スタジオは大爆笑になり、その声がお茶の間にまで聞こえた。

「失礼しました。今のは失言です」

とキャスターが言うと、再び寺田にカメラが向いた。

「きっと、今、この番組をご覧のみなさんの中でも、失敗やミスを犯してしまった方がいらっしゃるに違いありません。エラそうなことは言えない私ですが、嘘やその場しのぎのことをしていると、しっぺ返しが来たりするものです。そうなのです。寅さんも言っています。『お天とう様が見てるぜ！』と。さて、この後の気象情報は、ハズレないように、明日は謝らなくてもいいように努めたいと思います」

⁘⁛⁘⁛⁘⁛⁘⁛⁘⁛⁘⁛⁘⁛⁘⁛⁘⁛⁘⁛⁘⁛⁘⁛⁘⁛⁘⁛⁘⁛⁘⁛⁘⁛⁘

「社長さん、寺田さんって、いいだろ！　この人。ホント毎回いいこと言うんだなぁ」

大将が同意を求めるような顔つきで言った。謙一が、長峰さんの方を向くと、

「さあさあ、まだまだ飲めますよね」

と言い、ビールを注いだ。謙一は決めた。そうだ、誰も知らなくても、お天とう様が見ている。お天とう様は自分の心の中にいる。自分に恥ずかしい生き方をしてはいかん。明日、一番でマスコミに連絡をし、謝罪会見をしよう。


翌朝一番、「いーな食品」の稲村謙一社長は緊急の記者会見を行い、マスコミを通じて

謝罪をした。すでに店頭に並んだ商品については、自主回収の手配がすすんでいる。

一部の消費者から、「もう買わない」「信用してたのに」という声が寄せられた。だが、予想に反して、SNSでは意外な意見が多数書き込まれた。

「問題が起きると、すぐに隠ぺいする大企業が多い中、正直な姿勢が好感」

「今回のことは、消味期限の意味を見直すきっかけになるんじゃないか」

「たった1日、期限が過ぎたから使えないということに問題がある」

すると、さらに新たな声が巻き起こった。「いーな食品」の本社に、こんな電話がいくつもかかって来たのだ。

その一つ。あるNPOからの電話。

「倉庫にいっぱいの商品をテレビで見ました。廃棄するなら、うちのフードバンクに寄付していただけないでしょうか。たった1日でしょ。ちゃんと説明して、それでもかまわないという施設に私どもから寄付します」

また、ある漁業組合からは・・・。

「細かく砕いて、魚の養殖の餌に使えないか試させて欲しい」

謙一の不安とはうらはらに、「いーな食品」の評判はうなぎ上り。スーパーでは、他の商品も含めて品切れ続出になった。

ところで・・・。

そんな上手い話があるわけはなかった。「てるてる坊主」を謙一が尋ねたその日。「今日のことば・・・お天気は人生を教えてくれる」で、そんなにもタイムリーな言葉が流れるなんてことが、あるはずがないのだ。そう、偶然ではない。

昨日の朝のことだった。気象予報士・寺田直之介のケータイが鳴った。長峰房子からだった。

「直クン、忙しい時ごめん」

「なに、おばさん」

「あのさ、折り入って頼みがあるのよ」

「何さ、改まって・・・。今から出勤なんだ」

房子は、寺田の母方の叔母、母のお姉さんだ。幼い頃からいつも可愛がってくれて大の仲良し。

「あのね、無理だとはわかってるんだけどね・・・」

あたいはさ、何度も言うけど、人間って愚かよねぇ。でもさ、ときどきホロリとすることもあるの。「テルテル坊主」は、そんな温かな人間の集まりよ。いろいろ文句もあるけど、ずっとここに居たいって思ってる。

◇◇◇◇◇

"テラさん" のお天気トリビア⑤

延びたり縮んだり

気象予報士 寺尾直樹

ニュース番組の中でも、実は視聴率の高いコーナーのひとつが「気象情報」だ。だからもう少し厚遇してくれても・・・。でも実際のところ、これを担当する気象予報士は毎日のように右往左往させられている。

番組の途中で突然ニュースが入る。「○○線で人身事故のため、○○と○○の区間で運転が見合わせに・・・」と。すると、すぐさまスタジオのフロアディレクター（FD）から気象予報士に指示が入る。「30秒短くしてください」と。例えば、3分と決められた「尺」でどういった順番でどの画面を使用するか、ひとつの物語として視聴者の皆さんにわかって頂けるよう半日かけて考えている。それが一瞬で崩さるのだ。それならまだいい。気象予報の直前のニュースで、キャスターや記者の会話が盛り上がったりすることがある。またFDから指示が飛ぶ。「1分半にしてください」。さあ、どうしよう！　当然、早口になる。何が何でも時間内に収めてやる!!　プロの意地だ。その時、なぜかしら普段よりも流暢にしゃべる自分に気付く。・・・が、後でVTRを見ると惨憺たる出来で真っ青になることも。

反対に「1分延ばせ」という場合。これが案外たいへんなのだ。ゆっくり話すのにも限界がある。そこでネタの「引き出し」を用意しておく。「今日の雲の形」「セミ初鳴き」など、その数が多いほど突然の「延長」に慌てなくて済む。しかし、調子に乗って喋り過ぎてしまい、尻切れトンボに・・・。どの局の気象予報士も「時間調整役」という悲哀を背負って戦っている。

第六章　「季節」のものがたり

夏炉冬扇
…人はどこかで
誰かの役に立っている

ぐーーん
テル 散歩かい？
車に気をつけるんだよっ
にゃーーっ
さよこ
居酒屋

・・・・
たっ
にゃーん
おや
おかえり
早かったね
散歩は
どーだった？
おう
テル
魚食うか？
テルちゃん
テル
テル〜〜
何だい
甘えて
テルは
ほんとに
2人が
好きねぇ

あたいには、どうしてもわからないことがあるの。

人間の親子って、なぜケンカばかりするのかしらんってこと。中には、親子で殴り合ったりすることもあるらしいわ。

人間を毎日、観察するうちにわかってきたことがあるの。どうやら、ケンカをする原因は「愛」というものにあるらしいの。「愛」ってステキな響きに聞こえるけど、難しいものなのよ。

「愛」が深すぎたり、「愛」が強すぎたりすると、相手は反発することがあるみたい。

「愛」って複雑ねぇ。

あ〜あ、あたいはネコに生まれてよかった〜。昼寝のできる座り心地のいいテレビと、おいしいカツオブシがあったら、それでサイコーの幸せ。

今日は、「愛」の道に迷いこんだ愚かな人間の親子の物語。さて、はじまり、はじまり。

◇◇◇◇◇

気象予報士の寺田直之介は、毎週金曜日が近づくと憂鬱になる。

週明け月曜日の「今日のことば・・・お天気は人生を教えてくれる」のことで、頭がいっぱいになるからだ。

視聴者の評判はいい。メールや手書きの手紙で「励まされた」「勉強になる」などという便りがたくさん局に寄せられている。大野ディレクターは、「その時間になると、視聴率がアップする」とご機嫌だ。

だが、評判になればなるほど、寺田のプレッシャーは大きくなる。

元々は、自分から会議で提案した企画だった。特別な能力もない、何をしても続かない自分がことわざや偉人たちの名言で励まされてきた。それを「お天気」と関連づけて画面の向こう側の人たちに届けたい。

単純な思いだった。せいぜい、3回くらいで打ち切られると思っていたのに、もう一年も続いてる。

困るのは「ことば」を探すことだった。もし間違った解釈を伝えたら、批判が殺到するだろう。間違いじゃなくても、タイミング悪く、心が弱ったり傷ついたりしている人を、さらに悲しませることになったら大変だ。それだけに、毎週、毎週、慎重に言葉を選び、一つひとつ下調べをしてきた。

これから、来週一週間のスケジュール会議がある。寺田は、仕事で使っているシステム手帳を開いた。そこには、大きな文字で、「夏炉冬扇」と書いてある。もう三か月も前から、取り上げようかどうしようかと悩んできた「ことば」だった。

「夏の囲炉裏《いろり》」と「冬の団扇《うちわ》」。どちらも、その季節には使わない物だ。そこから転じて「役に立たないもの」という意味がある。

「まるで、昔の俺のようだな」と思ったことがある。口下手。人見知り。社内の会議ですら、赤面して返事ができない。まさしく営業マン時代の自分のことを表している言葉だ。

だが・・・今日はその「ことば」を取り上げることを、会議で提案しようと考えていた。自分だから、わかる。自分だから、「今」辛い思いをしている人たちに伝えたくて・・・。

この一か月で、もう5回目、いや6回目になる。内堀小枝《うちほりさえ》が、レインボー銀座の「てるてる坊主」に戻って来たのは。

戻っては来るものの、赤ちょうちんの前を通り過ぎて帰ってしまう。前回は、扉に手をかけた。だが、それを開ける勇気がなくて、逃げるようにして去ってしまった。中から、両親の笑い声が聞こえたとたん、足が勝手に走り出してしまうのだ。

赦してもらえるはずがない。母親の寛子はまだしも、父親の勝雄は怒っているに違いないのだ。血の繋がらない自分を、我が子以上に愛情を注いで育ててくれた。それなのに、あの日、母親が怒って言った「恩知らず！」という言葉に、「誰がそんな恩、頼んだのよ」などと暴言を吐いてしまった。

「やっぱり、ダメだ・・・帰れない」

この三年、小枝は地獄を味わった。

マサキとは、高校2年の夏休みに出逢った。声を掛けられたのは、ゲーセンだ。優しかった。何でも黙って話を聞いてくれた。

「本当の父親を知らないの」と言うと、「俺もだ」と言った。そのとたん、マサキとの心の距離が近くなった気がした。

「今晩、泊めて」と言うと、「いきなりそんなことできるわけないだろ」と叱られた。それが、全部、その先の企みから出ている言葉だとは17歳の自分にはわからなかった。

マサキは一晩中でも話を聞いてくれた。何も訊かず、頷くだけ。マサキは危ない連中と関わっていたが、仲間の前で「コイツは特別だ、変な真似するんじゃねえぞ」と凄んだ。

「ああ、私は、この人の特別な存在なんだ」と思うと、嬉しくなった。

その上、何でも買ってくれた。断っても「似合うぜ」と言い、何着も服を買ってくれる。ファミレスで毎日のように、パフェも食べさせてくれた。

一緒にいると、心のもやもやを忘れることができた。家に帰るより、マサキの部屋に居る時間の方が長くなった。

出逢って三か月が経ったある日、マサキに「一緒になるか?」と言われた。場所は海岸でもホテルのレストランでもない。ロマンチックには縁遠い、いつものファミレスだ。でも、舞い上がるほど嬉しかった。

その日、小枝は何日かぶりに家に帰ると、「結婚する」と両親に話した。その場でケンカになった。予測はしていた。話が通じるわけがない。常連のお客さんが見ている中、店を飛び出し、マサキの部屋に住むことになった。

その晩、マサキは今まで以上に優しかった。


一週間ほど経ったある日、マサキに「今日からお前も働け、話はつけてある」と言われた。部屋に居ても、ゲームをして過ごすくらいしかやることがない。「結婚する」と言って家出してきたのだから、働くのは当然だと思った。

ところが、マサキに連れて来られたビルの前で愕然とした。1階から7階まで、すべて風俗の看板が掲げられていたのだ。

「冗談でしょ」

と顔を強張らせて言うと、

「何甘えてんだ！」

といきなり腹を殴られた。その場で、さっき食べた菓子パンと牛乳を戻した。

「汚ねぇなぁ～」

引きずられるようにして、エレベーターに乗せられ3階の事務所に連れて来られた。

さすがに、これから何をさせられるか想像がついた。

小枝は咄嗟に、殴られたダメージがひどく、起き上がれないフリをした。それで油断させ、マサキがトイレに行っている隙に非常階段を駆け下り、夜の街を駆けて逃げた。アパートには戻れない。着替えの下着も服もない。ポーチに僅かのお金だけ。仕方なく、以前から入り浸っていた24時間営業のネットカフェで息を潜めた。

朝になっても、身体の震えが止まらず、騙されたという憎しみより虚しさで涙が出た。顔なじみの店長に、「お金がないの。でもヤバイ仕事はイヤ」と相談すると、「今どき仕事はいくらでもある」と言われた。中卒の小枝ですら、安くてもよければ紹介するという。裏の世界に顔が広いらしく、頼みごと頼まれごとで、小銭を稼いでいると言う。

いくつか仕事を転々とした。メイドカフェの店員、路上のアクセサリー販売、居酒屋の客引き、ブティックホテルの清掃・・・出会い系サイトのサクラや、使用済みの下着を売るなどちょっとだけヤバいこともした。

幾度か身体を売ることも考えたが、マサキに売り飛ばされそうになった日のことを思い出すと恐怖が蘇り思いとどまることができた。その日暮らしを続けていると、1年、

カラオケGO!!
ネクスト
セントラル
炭火焼肉
大大
ドルフィン
BAR
さよこ
BAR
こあら
酒・屋

二年はあっという間に過ぎてしまう。

これではいけないと、正規の長くできる仕事を探した。だが、そんなに世の中は甘くないことを知る。一番の壁は学歴だ。中卒というだけで門前払い。それに加えて、住所不定。仕事で知り合った仲間やマネージャーが口を揃えて言う。

「高卒資格は取った方がいい」

そんなお金と頭があるくらいなら、とうにやっている。

ある時、清掃の仕事に派遣された老人保健施設で、耳寄りな話を聞いた。中卒でも取れる資格があるという。それも、短期間の勉強と実習で済むらしい。

それは介護職員初任者研修、以前はホームヘルパー2級と言われていたものだ。小枝は決意し、単価の安い仕事でも昼夜なく働き、専門学校の受講費用を稼いだ。

そして入学。今までの人生で「こんなに勉強したことない」というくらい、テキストに食らいついた。人よりもかなり時間を要してしまったが、ついに資格を取得した。

働き口は、驚くほどすぐに見つかった。パートではあるが、同じ場所へずっと通えることが嬉しかった。まるで、世間のOLと同じような身分になった気がした。

だが、職場は過酷だった。同僚はみな、休憩時間になるとひたすら愚痴を言うのが日課。どんどんと人が入れ替わった。半年いれば長い方だ。だが、小枝にとっては、夢のような職場だった。なにしろ、風俗で働かされるところだったのだから。

何より、人から頼られることが嬉しかった。お婆ちゃん、お爺ちゃんから「サエちゃん、背中掻いて」「サエちゃん、お茶くんで来て」と言われるだけで笑顔になってしまう。中には、「痛いよ～」「めまいがする」と身体の不調を訴える人がいる。「お医者さん、呼ぶ？」と言うと首を横に振る。しばらくすると、また「痛いよ～」と言う。

「誰かに苦しみを聞いてほしいのだ」

それが理解できた時、一層、入所者に尽くすようになった。人の役に立てる。人に喜んでもらえる。それは小枝にとって、生まれて初めての経験だった。

一年もすると、古株になった。時給は変わらないが、その生活に満足していた。

ネットカフェからシェアハウスに引っ越した。少しずつ、「社会人」らしくなっていく自分が誇らしくあった。ここで頑張って、いつか実家の「てるてる坊主」に帰ることを夢見ていた。

赦してもらえないかもしれない。でも、赦してもらえるまで謝ろうと思った。それには、心が変わったことを見てもらうしかない。

そんなある日、マネージャーの田川から新しい入所者の担当を任された。

「サエちゃんに頼むしかないの。ううんサエちゃんならできるわ」

聞けば、いくつかの施設で問題を起こして、うちの施設に移ってきたとのこと。施設のオーナーが、規定よりも多額の入所保証金を受け取り、引き受けることになったのだという。

小山作太郎。83歳。脳梗塞を二度患い、歩行困難でリハビリを行うも効果が認められず、一日の半分はベッドで横たわる生活。軽度の認知症。介護の履歴書に、「暴言癖あり」とあった。

初日、部屋に入ると、いきなり怒鳴られた。

「入る前に、挨拶しろ!」

あまりの声の大きさに身体がビクッと反応して震えた。

「・・・」

「まず名乗る！」

「はい・・・今日からお爺ちゃんの担当をさせて・・・」

「貴様は初めて会う男性をお爺ちゃんと呼ぶのか！」

「・・・」

そう言われたらその通りだ。小枝は言い直した。

「小山様のご担当をさせていただきます内堀小枝です。よろしくお願いいたします」

「上のもんを呼べ」

「え・・・？」

「いいから、上司を呼んで来い」

仕方なく、言われるままにマネージャーの田川を呼びに行く。田川は眉をひそめ「まだ5分も経ってないじゃないの、最初から上を頼っちゃダメよ」と言いつつ、部屋まで同行してくれた。

「小山さん、何か御用ですか？」

「お前じゃない！　施設長を呼べ！」

ぷい

田川がムッとしつつも堪えているのがわかった。

「施設長はお出かけです。何か御用があったら私が伺いますよ」

「こいつじゃいかん。替えろ！」

「替えろって言われても、それはできません」

「若過ぎる。いってもいくつなんだ。俺の孫より小さいじゃないか」

「でも、サエちゃんは優秀なんですよ」

「俺は充分な金を払ってるんだ。とにかくこいつじゃダメだ。施設長に言っておけ」

「わかりました。でも、すぐには無理です。今日のところはサエちゃんにお世話してもらいますね」

作太郎は、話の途中でプイと窓の方に顔を向けてしまった。田川は溜息をつき、部屋を出て行った。夜、施設長に報告したが、担当の変更はなかった。施設長はただ「任せるので問題が起きないように」とだけ言い、そそくさと帰宅してしまった。

翌日から、小枝はまるで針のむしろの上にいるような気分を味わうことになった。作太郎の部屋に入る時から、怒鳴られどうしだ。

「声が小さい！」

「動作がのろい！」

「パパッとやれ！」

「身体に触る時は、許可を求めろ！」

「タオルがぬるい！　風邪ひいちまうじゃないか！」

全部が命令口調だった。それでも小枝は、笑顔で「はい、小山様」と言い、応対した。


そして、3日、7日、ひと月と日にちが過ぎた。あいかわらず、心の垣根は高く、作太郎の言葉は厳しかった。何度も、担当者の変更を訴えて来たが、施設長は応じなかった。それどころか、部屋に一度も顔を出さない。

マネージャーに相談するが、だんだん冷たくなっていった。いつも「サエちゃんに任せるから、頼むね」と言われた。

小枝にはだんだんと、わかってきた。みんな作太郎と関わらないようにしているのだ。作太郎は、どこにも引き受け手がいない厄介者。単に「お金目的」で入所させただけ。小枝は、そのとばっちりを受けたのだ。

それでも、小枝は頑張った。ただ、一つ困ったことがあった。作太郎が、小便をしばしば漏らしてしまうのだ。

「シーツをすぐ替えろ！」

と何度も呼びつけられる。一人で起き上がり、部屋のトイレに行こうとした途中に漏らしてしまうのだ。起き上がる前に、ベッドの上で我慢できなくなってしまうことも多い。それでも、

「絶対おしめはせん！」

と言い張る。本人の承諾がなければ、おしめも装着することはできない。

小枝が休みの日や深夜は、他の人が対応することになっていたが、怖がってしまいお座なりに仕事を済ませ、スルーしていた。そのため、小枝が朝、出勤するとベッドが濡れていて冷たくなっていることもしばしばだった。

そのことをマネージャーに訴えたが、「わかったわ、みんなに言っておく」と言うだけで状態は良くなることもなかった。施設は、作太郎を小枝に全部押し付ける格好になっていた。

三か月が経った頃、作太郎に変化が見られた。

好転したのではない。小枝を捕まえては、不条理な頼みごとをするのだ。例えば・・・。会社勤めをしていた時、作太郎の上司が取引先から内緒でリベートをもらった。それを社長に直訴したが、どうしたことか自分だけが左遷されてしまった。会社を訴えてやる。まず手紙で告発状を書いたから、会社の社長に届けて来い・・・というもの。

いったい、いつの話なのか。かなり認知症が進んで来た様子だ。

こんなこともあった。

前の前に居た施設で、ボランティアの学生たちが来て、吹奏楽の演奏をした。その曲目は自分の好きなグレンミラーオーケストラのものだった。

ところが、それ以来、耳がおかしい。聞こえにくくなった。あの時の音が大きかったせいだ。訴えてやりたいが、因果関係を証拠づけするのは難しいかもしれない。お前の知り合いの弁護士に調査を頼んでくれ・・・と。

もう滅茶苦茶だった。だいたい「若い」という理由だけで「担当を替えろ」と言われているのだ。そんな若い小枝が、弁護士の先生に知り合いなどいるわけがない。

そんな時小枝は、とにかく話を聞くことに徹した。全部が妄想とは言えない。でも、全部本気で聞いていると、頭がおかしくなってしまう。

他のスタッフは、作太郎の部屋に近づくことさえ恐れていた。家族は、息子夫婦がいると聞いていたが、入所の手続きの時以来、2、3回しか面会に訪れていないらしい。それも、小枝が不在の時だったので、顔も知らない。

勤務時間を超えて働くことが多くなった。別に帰ってもやることはない。シェアハウスに戻らず、夜も宿直室に寝泊まりする日が増えた。

作太郎の無理難題は、さらにエスカレートしていった。次第に小枝は、まるで作太郎の召使いのようになっていた。

そんなある日のこと。

作太郎が寒気がすると言う。検温すると、37度3分と微熱があった。呼吸も苦しいというので、常勤の看護師さんを呼んだ。血圧が少し低い。廊下に呼び出され、ヒソヒソ声で「何か変わったことはないか」と聞かれた。

いつものように、今日も2時間妄想みたいな話を聞き続けたところだと答えた。すると、きっとそのせいで興奮して疲れたのだろうと言う。

「お医者さんに来てもらった方が・・・」と訴えたが、「様子を見ましょう」と言われた。

心配だったが、それに従った。

それから5時間後、小枝が今日は帰ろうと思って、その前に部屋を覗きに行くと、作太郎の様子がおかしい。呼吸が細いのだ。

慌てて、大きな声で「小山さん!」と呼んだが返事がない。看護師さんを呼ぶが、先に帰ってしまっていた。マネージャーに報告すると、慌てて飛んできた。救急車を呼び、病院へ搬送。さすがに、小枝ではなくマネージャーが救急車に付き添った。


そして・・・翌朝。小枝は、作太郎が亡くなったことを知らされた。急性肺炎だった。

なんでも、駆けつけた息子さんが取り乱して、マネージャーに食ってかかったという。

「施設の責任だ! 介護ミスだ。そんな急に肺炎が悪化するわけがない」

小枝は、息子さんに会ってお詫びをしたいと言った。だが、それは認められなかった。

それどころか、責任を取らされ解雇された。

小枝は、職を失った。収入もなくなった。資格はあるが、もう他の施設で働くのが怖かった。

尽くしても尽くしても、結局報われることはない。人生とは、一度しくじった者には冷たいのだ。

途方に暮れ、気が付くとレインボー銀座の入り口に来ていた。実家の「てるてる坊主」の前まで来るが、扉を開けることができない。悩んでは帰り、また舞い戻る。そんなことの繰り返し。

そして今日も、赤ちょうちんをじっと見つめ、立ち尽くしていた。

その時だった。

「サエちゃんじゃねぇか」

「おお、サエちゃん」

振り向くと、見覚えある店の常連さんが二人立っていた。たしか・・・ゲンさんとシゲさんだ。返事をする間もなく、一人が店の扉を開けて大声で言った。

「大将！　大将！　サエちゃんだよ」

強く腕を取られて中に入る。そこには、父親の勝雄の顔があった。笑ってもいない。かといって怒ってもいない。目を見開いて、小枝を見た。母親の寛子が言う。

「おかえりなさい」

続けて、勝雄が言う。

「・・・おかえり」

小枝は、何も言葉が出なかった。涙は、こんなにも瞬間に湧き出るものだろうかと思った。泣きじゃくりながら、ようやく言った。

「ただいま・・・」


その後、小枝に信じられないことが起きた。「とにかく入りなさい」と母親に促されて懐かしい店内に入ると、カウンターに見知らぬ男がこちらを向いて座っていた。

「よかった、まさか今日お目にかかれるとは・・・」

とその男が言った。

「え?」

「内堀小枝さんですね」

「どうして私のことを・・・」

「父がお世話になりました。作太郎の息子の作治といいます」

「えっ!　息子さん?」

「どうして、ここが・・・」

「いやあ、捜しました。施設で履歴書を調べてもらって・・・初めてここを訪ねたのがひと月ほど前のことです」

寛子が言う。

「小山さんはね、ひょっとしたら小枝ちゃんが帰ってくるかもしれないって言われて、五日に一度くらい訪ねて来られてたんだよ」

「いえ、雰囲気が気に入っちゃって、飲みに来てるだけです」

「でも、なぜ・・・私はお父さんを死なせてしまって・・・」

「いや、私も最初は、ひどいことを口にしてしまったかもしれません。お詫びします」

そう言い、立ち上がって小枝に深く頭を下げた。

「そ、そんな・・・やめてください。でも、それならなぜ」

「これをどうしても見ていただきたくて、小枝さんに」

作治は、ジャケットの内側から一通の手紙を取り出した。

「読んでいただけますか？」

「え？」

「親父がベッドで書いたものです。施設の部屋にあった棚の引き出しに入っていました」

何が書いてあるのか。怖くて受け取る手が震えた。だが、数か月ほとんどの時間を一緒に過ごした作太郎さんの綴ったものだと思うと、興味の心の方が勝った。


「この手紙が小枝さんの眼に触れるものかどうかはわからない。

ただ、ひとつはっきりしていることは、小枝さんが読んでいるということは、私がこの世にいなくなってしまったということだ。

まず謝らなくてはならない。

ずいぶん乱暴なことばかり言い、申し訳なかった。

私は、寂しかった。会社勤めしていたときから、部下からは暴君と言われていた。もちろん知ってはいたが、変わることはなかった。家でも同じだ。カッとすると、自分を抑えられない。妻にも息子にも、嫁にも言いたい放題してきた。そのツケは会社を退職してから回ってきた。友達はいない、家族からも大切にされない。話を聞いてほしい。そんな相手もいない。近くの喫茶店に通い、店のマスターと話をするのが楽しみになった。と思いきや、また暴君の芽が顔を出し、ひどいことを口にしてしまい出入り禁止になった。そんな日々を25年も続けた。初めてだった。私のめちゃくちゃな話をじっと我慢して聞いてくれたのは、小枝さんだけだった。うれしかった。それなのに、甘えてしまって、さらにひどいことを口にしてしまう。たぶん、心の病気なのだろう。でも、人生の最期に天使に出逢えた。わたしは幸せだった。

ありがとう」

小枝は泣き続けた。手紙に涙が幾粒も落ちた。

寛子が、小枝を抱きしめた。強く強く。

テレビの上のテルも「ミャア～・・・」といつもより、か細く鳴いた。

そばでもらい泣きしていたゲンさんが、テレビの方を見て言う。

「あっ、ほら、寺田さんのコーナー始まるよ」
気象予報士の寺田直之介の顔が、アップで映し出された。続けて、「今日のことば・・・お天気は人生を教えてくれる」と、画面にコーナー名が映しだされた。

⁘⁛⁘⁛⁘⁛⁘⁛⁘⁛⁘⁛⁘⁛⁘⁛⁘⁛⁘⁛⁘⁛⁘⁛⁘⁛⁘⁛⁘⁛⁘⁛⁘

「はい！　今日、みなさんにご紹介するのは、この言葉です。
それは、こちら！」

『夏炉冬扇』

「『かろとうせん』と読みます。中国の書から生まれた言葉です。
暑い夏には、囲炉裏は必要ありません。また、寒い冬にも、涼しさをもたらす団扇も必要ありません。どちらも、その季節には使わない物ですね。そこから転じて「役に立たないもの」という意味として使われています」

「え!?」

泣き腫らした目で、小枝はなんとなくテレビから聞こえてきた「役に立たない」という言葉にビクッと反応した。小枝がテレビに視線を向けると、寛子も勝雄も真知子も、周りにいた作治、ゲンさん、シゲさんもテレビの寺田の方を向いた。番組は続く。

「私がこの言葉を知ったのは、ずいぶん若い頃のことでした。当時、私はある会社で営業の仕事をしていましたが、成績が振るわず落ち込んでいました。ああ、まるで自分は夏炉冬扇だなぁ。この社会では、役に立たないお荷物なんだと思っていたのです。ところが、ある時、別の解釈をしている書物に目が触れたのです。たしかに、夏の炉や冬の扇は、その季節では役には立たない。でも、その時に役には立たなくても、必ず役に立つ時が来る。その時期をじっと耐えて耐えて待つことが大切である。夏炉冬扇とは、そういう深い意味があるというのですね。おかげさまで、私は、この番組の中で気象予報を10年以上も務めさせていただいています。役に立たないと思い込んでいた私が、誰かのお役に少しでも立っているのではないかと、日々謙虚な気持ちで仕事をさせていただいています。もし、仕事で悩んでいらっしゃる方があるとしたら、けっしてくじけず今日も頑張っていただけたらと思います。必ず、日の当たる時が来ることを信じて」

作治が、小枝の手を強く握りしめた。

「あなたのおかげで、父は幸せでした。息子として恥ずかしいけれど、父親の寂しさをわかってやれなかった。あなたにとって、きっとヘルパーの仕事は天職なんでしょうね」

いつもなら、これで「今日のことば」のコーナーは終りなのだが、続けて寺田のバックにもう一つの言葉が映しだされた。店の全員が、画面に釘付けになっている。

「今日は、もう一つオマケです。チャールズ・チャップリンの名言です。

『You'll never find a rainbow if you're looking down.』

下を向いていたら、虹を見つけることはできないよ」

ここは居酒屋「てるてる坊主」。

きっと明日は晴れるに違いない。

◇◇◇◇◇

おわりに

人生は山あり、谷あり。

「てるてる坊主」に集う人々のように、大雨や暴風にさらされて挫けそうになることがままあります。そんな時、「お天気」にまつわる言葉が励ましてくれます。

凧が一番高く上がるのは、
風に向かっている時である。
風に流されている時ではない。

W・チャーチル（イギリスの政治家）

「そんなことはわかってるよ。でも、辛くて仕方がないんです」という声が聞こえてきそうですね。「辛いとき」にどうやって毎日を過ごしたらいいのか。シドニー五輪・マラソン金メダリストの高橋尚子さんは、この言葉に支えられたといいます。

何も咲かない寒い日は、下へ下へと根を伸ばせ。
やがて大きな花が咲く。

いつの日か、今の苦しみ、そして努力は必ず実る。花開く日がくると信じ、「下へ下へと根を伸ばす」んですね。

「宮本武蔵」「新・平家物語」などの大作で有名な作家・吉川英治さんは、こんな言葉を遺しています。

晴れた日は晴れを愛し、
雨の日は雨を愛す。
楽しみあるところに楽しみ、
楽しみなきところに楽しむ。

人生において、「雨の日」が悪い日というのではない。「晴れた日」と同様に、「雨の日」も愛しなさいと。

え?・・・そんなことは難しい?

そうですよね。わかります。「楽しみなきところに楽しむ」なんて言葉では簡単ですが、実践するとなると・・・。

そんなときは、「ケセラセラ」。作り笑いでもいいから、開き直って前に進む。

名画「風と共に去りぬ」のこんなセリフのように。

明日は明日の風が吹く

（マーガレット・ミッチェル）

今、辛くて、哀しくて、せつない人の心に「虹」がパーッと広がることを心よりお祈りします。

２０１９年４月吉日

著者　志賀内泰弘

◆プロフィール

著者：志賀内 泰弘（しがない やすひろ）

名古屋在住の作家、世の中を思いやりでいっぱいにする「プチ紳士・プチ淑女を探せ！」運動代表。著作はテレビ・ラジオドラマ化、有名私立中学入試問題に多数採用。中日新聞連載コラム「ほろほろ通信」を12年（500回）執筆。月刊「PHP」誌に、短編小説を連載中。著書に「No.1トヨタのおもてなし　レクサス星が丘の奇跡」(PHP研究所)、『なぜ「そうじ」をすると人生が変わるのか？』（ダイヤモンド社）など20数冊。

イラスト：ねこまき（ミューズワーク）

2002年より、名古屋を拠点としながらイラストレーター、コミック作家として活躍。コミックエッセイをはじめ、犬猫のゆるキャラマンガ、広告イラストなども手がけている。著書にはベストセラー『まめねこ1～8』シリーズ（さくら舎）、2019年公開映画の原作となった『ねことじいちゃん1～6』（KADOKAWA）、『ケンちゃんと猫。ときどきアヒル』（幻冬舎）ほか多数。

監修：寺尾 直樹（てらお なおき）

気象予報士。NHK名古屋放送局気象キャスター。自然豊かな環境でのびのびと育ち、気象に興味をもち民間気象情報会社に就職。テレビ・ラジオ局に気象原稿を作成する業務をきっかけに気象キャスターに転身。CS放送、NHK-BS1の気象情報番組を経て、現在はNHK名古屋放送局と専属契約を結び、情報番組「まるっと！」出演など、夕方の顔として気象キャスター通算17年目を迎える。

ココロがパーッと晴れる「いい話」
気象予報士のテラさんと、ぶち猫のテル

著　者	志賀内 泰弘
イラスト	ねこまき（ミューズワーク）
監　修	寺尾 直樹
発行者	池田 雅行
発行所	株式会社 ごま書房新社 〒101-0031　東京都千代田区東神田1-5-5 マルキビル7階 TEL 03-3865-8641（代）　FAX 03-3865-8643
印刷・製本	倉敷印刷株式会社

ISBN978-4-341-08731-9 C0095

水谷もりひと 著　新聞の社説 シリーズ合計 13万部突破!

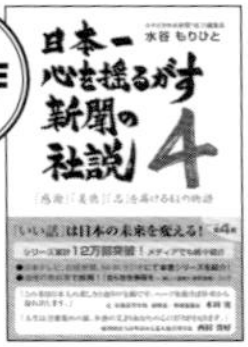

最新作

『いい話』は日本の未来を変える!

日本一　心を揺るがす新聞の社説 4

「感謝」「美徳」「志」を届ける41の物語

- ●序　章　「愛する」という言葉以上の愛情表現
- ●第一章　心に深くいのちの種を
  聞かせてください、あなたの人生を／我々は生まれ変われる変態である　ほか11話
- ●第二章　苦難を越えて、明日のために
  問題を「問題」にしていくために／無言で平和を訴えてくる美術館　ほか11話
- ●第三章　悠久の歴史ロマンとともに
  優しさだけでは幸せに育たない／美しい日本語に魅了されましょう　ほか11話
- ●終　章　絶対に動かない支点を持とう!

本体1250円十税　四六判　196頁　ISBN978-4-341-08718-0 C0030

ベストセラー!　感動の原点がここに。

日本一　心を揺るがす新聞の社説 1

みやざき中央新聞編集長　水谷もりひと　著

大好評 15刷!

タイトル執筆 しもやん

- ●感謝　勇気　感動　の章
  心を込めて「いただきます」「ごちそうさま」を／なるほどぉ～と唸った話／生まれ変わって「今」がある　ほか10話
- ●優しさ　愛　心根　の章
  名前で呼び合う幸せと責任感／ここにしか咲かない花は「私」／背筋を伸ばそう!　ビシッといこう!　ほか10話
- ●志　生き方　の章
  殺さなければならなかった理由／物理的な時間を情緒的な時間に／どんな仕事も原点は「心を込めて」　ほか11話
- ●終　章
  心残りはもうありませんか

【新聞読者である著名人の方々も推薦!】

イエローハット創業者／鍵山秀三郎さん、作家／喜多川泰さん、コラムニスト／志賀内泰弘さん、社会教育家／田中真澄さん、(株)船井本社代表取締役／船井勝仁さん、『私が一番受けたいココロの授業』著者／比田井和孝さん…ほか

本体1200円十税　四六判　192頁　ISBN978-4-341-08460-8 C0030

好評 7刷!

［あの喜多川泰さん、清水克衛さんも推薦!］

続編!　"水谷もりひと"が贈る希望・勇気・感動溢れる珠玉の43編

日本一　心を揺るがす新聞の社説 2

- ●大丈夫!　未来はある!（序章）
- ●感動　勇気　感謝の章
- ●希望　生き方　志の章
- ●思いやり　こころづかい　愛の章

「あるときは感動を、ある時は勇気を、
　あるときは希望をくれるこの社説が、僕は大好きです。」作家　喜多川 泰

「本は心の栄養です。この本で、心の栄養を保ち、元気にピンピンと過ごしましょう。」
本のソムリエ　読書普及協会理事長　清水 克衛

本体1200円十税　四六判　200頁　ISBN978-4-341-08475-2 C0030

好評 3刷!

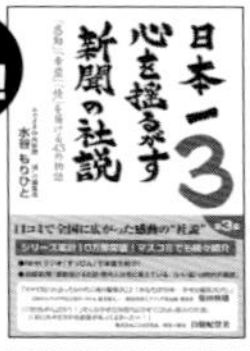

"水谷もりひと"がいま一番伝えたい社説を厳選!

日本一　心を揺るがす新聞の社説 3

「感動」「希望」「情」を届ける43の物語

- ●生き方　心づかい　の章
  人生は夜空に輝く星の数だけ／「できることなら」より「どうしても」　ほか12話
- ●志　希望　の章
  人は皆、無限の可能性を秘めている／あの頃の生き方を、忘れないで　ほか12話
- ●感動　感謝　の章
  運とツキのある人生のために／人は、癒しのある関係を求めている　ほか12話
- ●終　章　想いは人を動かし、後世に残る

本体1250円十税　四六判　200頁　ISBN978-4-341-08638-1 C0030

比田井和孝
比田井美恵 著

ココロの授業
シリーズ合計20万部突破!

第1弾

私が一番受けたい ココロの授業
人生が変わる奇跡の60分

<本の内容(抜粋)>　・「あいさつ」は自分と周りを変える
・「掃除」は心もきれいにできる　・「素直」は人をどこまでも成長させる
・イチロー選手に学ぶ「目的の大切さ」　・野口嘉則氏に学ぶ「幸せ成功力」
・五日市剛氏に学ぶ「言葉の力」　・ディズニーに学ぶ「おもてなしの心」ほか

本書は長野県のある専門学校で、今も実際に行われている授業を、臨場感たっぷりに書き留めたものです。その授業の名は「就職対策授業」。しかし、そのイメージからは大きくかけ離れたアツい授業が日々行われているのです。

本体952円＋税　A5判　212頁　ISBN978-4-341-13165-4　C0036

第2弾

私が一番受けたい ココロの授業
講演編 与える者は、与えられる—。

<本の内容(抜粋)>　・人生が変わる教習所?／益田ドライビングスクールの話　・日本一の皿洗い伝説。／中村文昭さんの話
・与えるココロでミリオンセラー／野口嘉則さんの話
・手に入れるためには「与える」／喜多川泰さんの話
・「与える心」は時を超える～トルコ・エルトゥールル号の話
・「ディズニー」で見えた新しい世界～中学生のメールより～　ほか

読者からの熱烈な要望に応え、ココロの授業の続編が登場!
本作は、2009年の11月におこなったココロの授業オリジナル講演会をそのまま本にしました。比田井和孝先生の繰り広げる前作以上の熱く、感動のエピソードを盛り込んでいます。

本体952円＋税　A5判　180頁　ISBN978-4-341-13190-6　C0036

第3弾 新作完成!

私が一番受けたい ココロの授業
子育て編 「生きる力」を育てるために大切にしたい9つのこと

<本の内容(抜粋)>　・「未来」という空白を何で埋めますか?／作家 喜多川泰さんの話　・「条件付きの愛情」を与えていませんか／児童精神科医 佐々木正美先生の話　・人は「役割」によって「自信」を持つ／JAXA 宇宙飛行士 油井亀美也さんの話　・僕を支えた母の言葉／作家 野口嘉則さんの話　・「理不尽」な子育てルール!?／比田井家の子育ての話　ほか

6年ぶりの最新作は、講演でも大好評の「子育て」がテーマ!毎日多くの若い学生たちと本気で向き合い、家ではただいま子育て真っ最中の比田井和孝先生ですので「子育て」や「人を育てる」というテーマの本書では、話す言葉にも自然と熱が入っています。

本体1200円＋税　A5判　208頁　ISBN978-4-341-13247-7　C0036